Monika Maron

Endmoränen

Roman

S. Fischer

4. Auflage Oktober 2002

Druck und Bindung: Clausen und Bosse, Leck
Printed in Germany
ISBN 3-10-048810-5

Vor drei Jahren habe ich zum ersten Mal bemerkt, daß ich erleichtert war, als der Herbst kam. Vielleicht war es im Jahr davor auch schon so gewesen und im Jahr davor auch, und es war mir nur nicht bewußt geworden, daß sich etwas verändert hatte, daß offenbar ich mich verändert hatte, schleichend und undeutlich, sonst hätte ich den Wandel nicht erst bemerkt, nachdem er ganz und gar vollzogen war und ich nicht mehr sagen konnte, wann er begonnen hatte. Nur daß die Zeit, in der ich den Abschied vom Sommer als eindeutigen Verlust, als Zumutung, sogar als Schmerz empfunden habe, länger als drei Jahre zurückliegen muß, weiß ich genau. Der letzte Sommer, dessen ich mich nachträglich als ganz und gar frei von jenem Mißbehagen erinnere, das ihn mir später fast verleidete, war unser erster Sommer in Basekow. Und das war schon vor dreizehn Jahren. Das war auch der Sommer, in dem Irene starb. Ihre Familie hatte mich nicht finden können, als Irene vor ihrem Tod mich, nur mich noch einmal sehen wollte. Wären diese beiden Ereignisse nicht zusammengefallen, Irenes Tod und der Erwerb eines Landhauses, wäre Irene für mich wohl eine jener Schulfreundschaften geblieben, die sich, eine freundliche Erinnerung hinterlassend, im Leben langsam verlieren und die im Falle eines frühen Todes des einen ein kleines aufrichtiges Bedauern im Überlebenden entfachen, vor allem aber, sofern der Tod nicht durch einen Unfall, sondern durch Krankheit verursacht wurde, das Erschrecken über einen Jahrgangstoten. So aber gehört Irene für immer zur Geschichte des Hauses und meines ersten Sommers in Basekow, der zugleich der letzte war, den ich nachträglich meiner, wenn auch späteren, Jugend zurechne.

In den Jahren vor ihrem Tod habe ich Irene höchstens zwei- oder dreimal im Jahr und dann auch nur zufällig getroffen, zum letzten Mal an einem warmen Abend in der Buchhandlung am Rathaus. Sie kam mit zu mir, und wir tranken Wein auf dem Balkon. Irene und ich waren zusammen zur Schule gegangen, zuerst in die Grundschule, dann in die Oberschule. Irene studierte Slawistik, ich Germanistik, manchmal trafen wir uns in Vorlesungen bei den Philosophen. Während der Grundschulzeit waren wir Freundinnen. Wir haben uns auch später gemocht, sahen uns aber kaum noch. Irene war, was meine Tante Ida verwachsen nannte. Ihre Beine standen stockdünn auf langen Füßen in orthopädischen Schuhen, die mageren, behaarten Arme reichten fast bis zu den Knien, weil Irenes Wirbelsäule zwischen den Schulterblättern verkrümmt war und ihren Oberkörper um zehn oder zwölf Zentimeter verkürzte. Später spendete die ganze Verwandtschaft Geld, und Irene konnte im West-Berliner Oskar-Helene-Heim operiert werden. Die Wirbelsäule wurde begradigt, konnte nun aber nicht mehr wachsen. Und auch das Korsett aus Stahl und Leder mußte Irene noch tragen.

Als wir uns zum letzten Mal sahen, waren wir beide fast vierzig, und Irene wohnte immer noch bei ihrer Mutter. Ich weiß nicht mehr, worüber wir uns unterhalten haben. Aber seit einem anderen Abend, der einige Jahre zurücklag, sprachen wir in einem vertrauten, fast intimen Ton miteinander, als hätten wir seit unserer Kinderfreundschaft nie aufgehört, einander in unsere Geheimnisse einzuweihen und an unserem Leben teilhaben zu lassen.

Auch an diesem früheren Tag muß ich, weil wir uns nie verabredet hatten, Irene auf der Straße getroffen und in meine Wohnung eingeladen haben. Wir saßen in den Sesseln am Fenster zum Hof, die Sonne stand tief und tauchte das Zimmer in rosa Licht wie der Widerschein eines Feuers. Wir tranken Glühwein, der sich schnell als ein entspanntes Wohlgefühl in Körper und Kopf ausbreitete. Irene sprach über ihre Mutter, die, seit sie Witwe war, ihr Sorge- und Kontrollsystem auf ihre unverheiratete Tochter übertragen hatte und sich in ehelicher Routine beklagte, wenn diese es ihr nicht durch ihre Anwesenheit dankte. Die Frage, warum Irene mit vierzig Jahren noch bei ihrer Mutter wohnte, hing, ohne daß ich sie gestellt hätte, zwischen uns; die Antwort darauf auch. Irenes große hervorstehende Augen mit den dünnen langen Wimpern an den immer leicht entzündeten Lidern schwammen farblos im Dämmerlicht. Wenn sie sich bewegte, verbreitete sie einen süßlichen, an Krankheit erinnernden Geruch, der sie schon in der Kindheit begleitet hatte.

Wie lebst du so? fragte ich, ich meine, wie lebst du so in deinem Körper?

Ich hatte mir nie vorstellen können, ihr diese Frage zu stellen, obwohl ich immer gespürt hatte, daß es unfair war, gerade danach, nur danach nicht zu fragen. Ich wußte nicht, ob es je einen Mann gegeben hatte, der über Irenes Sanftmut und Liebenswürdigkeit ihren verunstalteten Körper hatte vergessen können, die knochigen Schultern, auf denen ein kurzer dünner Hals den großen Kopf trug, den gewaltigen, auf das Becken gestauchten Brustkorb, so daß der Eindruck entstand, die Beine wüchsen direkt aus dem Oberkörper.

Irene sah mir für eine Sekunde in die Augen, so direkt, daß ich mich an das Gefühl, durchschaut zu werden, heute noch erinnere. Damals hielt ich diesen Blick für einen Ausdruck von Tapferkeit, von stiller Selbstbehauptung, und ich befürchtete, die Grenze zum Unaussprechlichen überschritten zu haben.

Es ist nicht leicht, sagte Irene, es ist schwer, aber es geht. Schließlich sei es nicht plötzlich über sie gekommen wie bei einem Unfall, sondern sie sei reingewachsen in diesen Körper und hätte rechtzeitig verstanden, daß sie von dem Glück, das die menschliche Natur für Männer und Frauen bereithält, ausgeschlossen war. Damals in der Oberschule, als wir anderen uns von den ersten Küssen und Rendezvous erzählten und sie einfach nicht mehr beachteten, weil wir voraussetzten, daß sie niemals zum Kreis der Eingeweihten gehören würde, damals, sagte Irene, sei ihr klar geworden, daß sie sich auf ein anderes Leben vorbereiten mußte als wir. Sie fühlte kein besonderes Talent in sich, keine Neigung, die sie von anderen unterschieden hätte, sie hielt sich auch für durchschnittlich intelligent, und so schien es ihr das Beste, einen Beruf zu ergreifen, in dem vermehrter Fleiß fehlendes Genie ausgleichen und überdurchschnittliche Leistungen ermöglichen könnte. Sie entschied sich für ein philologisches Fach, und damit sie ihre noch zu erwerbenden Kenntnisse durch Reisen und Anschauung würde vervollkommnen können, wählte sie die Slawistik, weil die den slawischen Sprachen zugehörigen Länder als einzige nicht dem staatlichen Reiseverbot unterlagen.

Irene sprach leidenschaftslos, als hätte sie all diese Sätze schon einmal aufgeschrieben und zitiere sie jetzt nur. Ein ebenso verzeihender wie um Verzeihung bittender, einem Lächeln ähnlicher Zug um den Mund und ein verlegener Glanz in den Augen wirkten beschwichtigend; es ist alles nicht so schlimm, sollte das wohl heißen, oder: so ist das Leben. Einmal, sagte Irene, sie sei siebzehn oder achtzehn gewesen, hätte sie sich nackt vor den Spiegel gestellt und sich mit Hilfe eines zweiten Spiegels lange und genau von allen Seiten betrachtet, einmal nur. Danach hätte sie ihre Nacktheit nicht mehr ertragen können. Sie dusche niemals, sondern bade immer in einem Berg von Schaum, um ihre ungefügen Gliedmaßen, durch deren wächserne Haut der Tod hervorscheine wie in einem Röntgenbild, nicht ansehen zu müssen. Jeden Morgen und jeden Abend, vollziehe sie den Wechsel der Kleidung hastig und atemlos vor Angst, ihren nackten Körper wahrnehmen zu müssen, als ließe er sich zum Verschwinden bringen, wenn niemand, nicht einmal sie selbst, ihn zur Kenntnis nähme.

Es war fast dunkel geworden, nur der äußerste Rand der Sonne glühte noch über den Dächern. Ich zündete die Kerzen an. Auf Irenes Oberlippe glänzten jetzt winzige Schweißperlen. Sie hatte ihre Kostümjacke geöffnet, unter dem dünnen Pullover formte sich eine kleine, mädchenhafte Brust. Seit der Studienzeit kannte ich Irene in immer ähnlich unauffälligen, nur in Stoffart, Kragenform und Farbe differierenden Kostümen, wobei die Farben sich auf ein Spektrum von Beige bis Hellgrün beschränkten. Der Anblick von Irenes kleiner weiblicher Brust überraschte mich. Nicht einmal, als ich ihr die indiskrete Frage nach ihrem Leben in diesem Körper stellte, hatte ich an ihre Geschlechtlichkeit gedacht, sondern an etwas Abstrakteres, eher Soziales, an Geborgenheit oder auch nur Erwünschtsein.

Hat es *so* etwas gegeben, fragte ich und deutete mit Augen, Händen und Stimme an, daß ich nicht aussprechen wollte, wonach ich fragte.

Nein, sagte Irene, niemals, ich hätte es sicher auch nicht gewollt, aber wer weiß. Nein, ich glaube, ich hätte es nicht gewollt, nicht so. Früher wäre jemand wie ich vielleicht in ein Kloster gegangen. Mein Kloster ist die Bohemistik, das ist mein sicherer Ort. In der vorigen Woche hatten wir eine Feier im Institut, wir haben getanzt, ich auch, jeder Mann hat einmal auch mit mir getanzt.

Dieser Abend ist außer einigen Szenen aus unserer Kindheit meine deutlichste Erinnerung an Irene. Als wir uns zum letzten Mal begegneten, erzählte sie von einer Zyste in der Brust, die am nächsten Tag entfernt werden sollte, die dritte oder vierte während der letzten zwei Jahre; lästig, aber harmlos, sagte Irene mit einer fahrigen, resignierten Handbewegung, als wollte sie die eben gesprochenen Sätze wieder wegwischen. Sie stand schon in der Tür.

Das ist mein letztes Bild von ihr, jedenfalls das letzte, das ich wirklich gesehen habe. Ein Jahr danach, ich war gerade in eine neue Wohnung gezogen, traf ich Irenes Schwester in der Straßenbahn. Sie war noch dicker geworden und trug eine Elfenbeinrose an einem schwarzen Samtband um den Hals. Ich versuchte, mich an ihren Namen zu erinnern, aber mir fiel nur ein, daß ich Irene lange nicht gesehen hatte.

Wie geht es deiner Schwester, fragte ich, auch weil ich nicht wußte, was ich sonst hätte fragen sollen.

Die Straßenbahn schlingerte durch eine Kurve, Irenes Schwester und ich fielen gegeneinander, so daß mich der mir zugedachte Blick nur streifte, aber auch in ihrer Stimme vibrierte eine angestaute Wut: Das weißt du nicht, zischte sie, Irene ist tot.

Ich dachte an die Zyste, aber was konnte ich für die Zyste in Irenes Brust. Warum schrie die Frau mich an. Sie schrie nicht, niemand drehte sich nach uns um, aber ich hörte sie schreien, weil ich ihr ansah, daß sie am liebsten geschrien hätte.

Sie wollte dich unbedingt sprechen, schrie sie, nur dich, wir haben dich gesucht, aber du warst weggezogen, niemand wußte, wohin. Wir dachten, du wärst in den Westen gegangen. Wir waren sogar bei der Polizei, aber die wußten auch nichts. Nur dich wollte sie sehen.

Ich habe mich noch nicht umgemeldet, ich wohne nur ein paar Straßen weiter. Die Nachbarn hätten es euch sagen können.

Wir haben dich nicht gefunden. Immer wieder hat sie gesagt, daß sie dich sprechen will; wo ist Johanna, sucht doch Johanna.

Warum habt ihr nicht die Nachbarn gefragt?

Niemand wußte was. Wir haben ihr gesagt, du bist im Westen. Du warst doch ihre beste Freundin, sagte sie.

Es klang, als hätte sie gesagt: Du bist doch ihre Mörderin. Dann malte sie mir unauslöschbar das letzte Bild von Irene: skelettdünn, kahlköpfig, die großen Zähne zwischen den erschlafften Lippen, die halbrund aus den Höhlen quellenden Augäpfel mit mattfarbener Iris. Ein Pfleger hält sie wie ein Bündel Wäsche im Arm und trägt sie zum letzten Mal die Treppe hinunter in den Krankenwagen.

Ich weiß nicht, wie viele Bilder von Halbtoten, Siechen, an Aids oder Krebs Sterbenden ich in meinem Leben schon gesehen habe; Hunderte, Tausende, die alle zu der einen prophetischen Metapher von unserer, meiner, gesichtslosen Sterblichkeit verschmolzen sind. Nicht Irenes jämmerlicher Tod hat mich dieses letzte Bild von ihr nicht vergessen lassen. Es gab längst ein gültiges Bild von diesem Tod in meinem Kopf, dem ich Irenes Elend hätte zuordnen können. Ich hätte sie nicht vermißt, es war mir ja nicht einmal aufgefallen, daß ich sie fast ein Jahr nicht getroffen hatte. Bis eine mir fast fremde Frau mit einer Elfenbeinrose um den Hals mir ins Gesicht schrie, ich sei Irenes beste Freundin gewesen.

Ich weiß nicht mehr, ob ich so herzlos war, Irenes posthume Umarmung zurückzuweisen. Es ist möglich, daß ich gefragt habe, warum, warum war ich ihre beste Freundin? Oder ich habe, weil ich mich schuldig fühlte, gesagt, davon hätte ich nichts gewußt, was nichts anderes bedeutet hätte als eine Zurückweisung; schlimmer, ich hätte Irenes Zuneigung, von der ich gerade erfahren hatte, verraten, denn ihre Behauptung, ich sei ihre beste Freundin gewesen, kann nur gemeint haben, daß sie meine Freundin war, heimlich und anspruchslos, unbemerkt.

Wie immer ich die Eröffnung der Schwester auslegte, ob ich Irene einen Grund für ihre Liebe zugestand oder ob ich mich nachträglich von ihr bedrängt fühlte, am Ende jeder Aufrechnung blieb etwas, das nur als Schuld zu bezeichnen war. Ich war Irene etwas schuldig geblieben, ohne ihr etwas versprochen oder von ihr geliehen zu haben; eine Schuld, an der ich nicht schuld war, die ich nicht zu verantworten hatte, die ich aber, weil Irene tot war, auch nicht zurückweisen konnte.

Ein paar Wochen lang dachte ich an Irene jeden Tag. Es genügte, daß ich eine kleingewachsene Frau auf der Straße sah oder jemand ein hellgrünes Kostüm trug oder daß ich mit der Straßenbahn fuhr oder an der Buchhandlung am Rathaus vorbeikam, um an Irene zu denken und gleich darauf ein schreckhaftes Ziehen in der Magengrube zu verspüren. Eines Morgens fand ich sie in meinem Bett. Aus der Höhlung des Kissens lugte ein Hinterkopf mit kahlen Stellen im stoppligen stumpfen Haar und wiegte sich kaum merklich im Rhythmus eines rauhen Stöhnens, das klang, als käme es von einem Tier. Es dauerte ein paar Sekunden, ehe ich den Kopf als Schatten erkannte und in dem Stöhnen das ferne Geräusch eines elektrischen Werkzeugs.

Vielleicht hätte Irenes Geist von meinem Gewissen gar nicht so verstörend Besitz ergreifen können, wäre ich nicht zugleich auch geschmeichelt gewesen von meiner Wichtigkeit in Irenes Leben, ohne mich auch nur im geringsten darum bemüht zu haben. Der Gedanke, daß sie mich allen anderen Menschen, die sie kannte, vorgezogen hatte, verführte mich, mir auszumalen, was Irene an mir als liebenswert, vielleicht sogar als bewunderungswürdig empfunden haben könnte, und für eine Weile gelang es mir sogar, mich selbst mit einem uneingeschränkten Gefühl des Einverständnisses zu betrachten. Im warmen Licht der Eigenliebe aber wog meine Schuld umso schwerer und mein Versagen glich einem Selbstverrat, weil es bewies, daß ich nicht die Person war, die Irene in mir vermutlich gesehen hat. So erkläre ich mir jedenfalls heute, warum Irenes Geist mir damals unerwünscht in jedem Tabaksqualm oder in jedem Stoffmuster erscheinen konnte, obwohl ich meine Gewissensnot angesichts der losen, eher unverbindlichen Beziehung zwischen Irene und mir selbst übertrieben fand.

Ich kann mich nicht erinnern, ob ich Achim damals von Irenes Tod erzählt habe. Vielleicht war er verreist, oder wir sprachen gerade wenig miteinander, oder wir haben zwar darüber gesprochen, aber Achim hat etwas gesagt, das mir mißfiel. Vielleicht hat er mich ja damals schon durchschaut und gesagt, daß ich weniger um Irene als um meine verpatzte Heiligkeit trauere; jedenfalls tritt Achim, wenn ich an Irene denke, nicht einmal als stummer Mitspieler auf, als hätte ich ebenso allein gelebt wie Irene. Laura war zu jung, als daß ich mich ihr hätte anvertrauen wollen. Sie war neun oder zehn Jahre alt und hat Irene bei einem ihrer Besuche in unserer Wohnung gesehen. Sie musterte sie ungeniert und neugierig, lehnte sich dabei eng an mich, blieb stumm, auch als Irene sie etwas fragte, und war offensichtlich erleichtert, als ich ihr einen Vorwand bot, uns zu verlassen. Daran kann ich mich erinnern, weil mir die unverhohlene Ratlosigkeit meiner Tochter angesichts der unglücklichen Erscheinung unserer Besucherin peinlich war, obwohl Irene gar nicht wissen konnte, daß Laura für gewöhnlich ein eher schwatzhaftes Kind mit einem angeborenen Empfinden für Takt und Höflichkeit war.

Es war Herbst, als ich von Irenes Tod erfuhr, und hinter mir lag der erste Sommer in Basekow, wo wir im Jahr davor das Haus gekauft hatten, eine halbe Ruine mit einem Flickendach und beängstigend federnden Dielen. Die Öfen lagen als Trümmerhaufen in den Zimmerecken, in der Räucherkammer auf dem Dachboden hing ein dreckiger verfilzter Pferdeschwanz, von einem Balken baumelte ein Strick mit fachkundig geschürztem Knoten, als hätte hier jemand für den äußersten Notfall vorgesorgt. Die letzten Mieter waren drei Jahre zuvor in den nächstgelegenen Ort gezogen, wo sie von einem Verwandten ein zwar kleineres, aber eigenes Häuschen geerbt hatten, wogegen sie im Basekower Haus, das der Gemeinde gehörte, nur zur Miete wohnten. Ein neuer Mieter hatte sich nicht finden lassen für das Haus in dem Sechsunddreißigseelenort, in den ein ausgefahrener, nach Regen nur noch an den Rändern passierbarer Sandweg hineinführte und eine im Acker verendende Traktorenspur wieder hinaus.

Den Entschluß, das Haus zu kaufen, faßten wir innerhalb von Minuten. Wir hatten einen ehemaligen Kommilitonen von Achim in seinem gerade ausgebauten alten Forsthaus besucht und, weil die Besitzer solcher Anwesen es von ihren Besuchern so erwarten, das Haus, die Einrichtung, den Garten und die Landschaft überschwenglich gepriesen. Der Gastgeber muß in unseren Lobreden wohl unseren geheimen Wunsch vermutet haben, selbst Besitzer eines derartigen Refugiums zu sein, oder er sehnte sich nach befreundeter Nachbarschaft, jedenfalls fuhr er mit uns nach Basekow, wo das Haus, von abgeernteten Feldern umgeben und in ein unglaubliches Herbstlicht getaucht, uns alle Bedenken vergessen ließ, die in vernünftigen und handwerklich unbegabten Menschen wie uns angesichts des ruinösen Zustandes dieser Kate jeden Gedanken an einen Kauf hätten ersticken müssen. Die vierzehn Häuser von Basekow entlang des ansteigenden und auf der Höhe nach rechts abbiegenden Sandweges waren von keinem Punkt der Straße aus gleichzeitig zu sehen, so daß der Ort noch weniger wie ein wirklicher Ort, sondern wie eine zufällige Ansammlung einiger Häuser wirkte, wie gar nicht zugehörig der realen Welt, sondern übriggeblieben, zurückgelassen von der Zeit wie die als sanfte Hügel sich breitenden Endmoränen, die ihn umschlossen. Und auf allem lag dieses ungeheure Licht, von dem wir später, als unser ganzes Leben sich geändert hatte und auch wir in die Toskana fahren durften, sagten, in Basekow gäbe es ein Licht wie in der Toskana.

In der Kneipe des Hauptdorfes, von dem Basekow ein Ortsteil ist, fanden wir den Bürgermeister, der dort, wie unser Gastgeber wußte, an jedem Sonntag zwischen drei und fünf Skat spielte. Er wollte dreitausendfünfhundert Mark für das Haus. Als Achim versuchte, mit ihm zu handeln, sagte er, daß schließlich ein Farbfernseher schon sechstausend Mark koste, und immerhin hätte das Haus sogar einen Keller.

Der Vertrag wurde mit einem Handschlag auf der Dorfstraße geschlossen. Bei uns gilt ein Handschlag noch was, sagte der Bürgermeister, und wir waren, was wir noch am Morgen auf keinen Fall hatten werden wollen: Besitzer eines Wochenendhauses. Es blieb uns nichts übrig, als uns fortan selbst in unseren Spott über diese Kleinodien familiären Glücks einzubeziehen, zumal uns eigentlich nur unsere Vorliebe für Improvisationen von anderen Hausbesitzern unterschied. Wir zeigten ungebeten Fotos, auf denen die verschiedenen Stadien unseres Aufbauwerkes dokumentiert waren, wir fragten jeden, ob er uns bei der Beschaffung einer Badewanne oder eines Klobeckens oder gar von Fliesen behilflich sein könne, wir schlugen Einladungen aus, wenn sie auf den Sonnabend fielen; über Nacht hatten wir uns in Objekte unseres eigenen Gespötts verwandelt, was uns das Glück, diesen jenseitigen Ort erobert zu haben, nicht nur nicht verdarb, sondern unseren unvorhersehbaren Sinneswandel vor uns selbst legitimierte.

Für den Sommer nahm ich keine Aufträge an, obwohl wir das Geld dringend gebraucht hätten, und zog mit Laura nach Basekow. Fast täglich fuhren wir über die Dörfer, um hier einen Sack Weißkalk, dort einen Sack Zement zu erbeuten. Der Briefträger des Dorfes, der nach dem Krieg in der Stadt als Maurer gearbeitet hatte, verputzte abends und an den Wochenenden unser Haus, der Nachbar besorgte einen kleinen Kran und hob eine Sickergrube aus. Sein Vetter, ein Tischler, baute eine Haustür, so daß wir die Tür, die wir bis dahin irgendwie mit einer Kette gesichert hatten, nachts endlich verschließen konnten. Nach der Mahd steckten wir uns vom genossenschaftseigenen Feld, das fast bis an unser Haus reichte, einen Garten ab. Nehmt, wat ihr braucht, sagten die Treckerfahrer, Acker jibt et hier jenug.

Den ganzen Sommer war ich damit beschäftigt, Baumaterial zu besorgen. Ich genoß es, Wörter auszusprechen, von deren Existenz ich bis dahin nichts geahnt hatte: Blaukalk, Weißkalk, Brunnenringe, gespundete Bretter. Ich genoß es überhaupt, jenseits aller Gewohnheiten zu leben. Morgens lief ich im Nachthemd durch den Garten, der, außer einigen Pflanzen dicht am Haus, nur ein von Unkraut begrünter Acker war. Statt zu duschen, badeten wir im See. Jeden Tag zog ich dieselben, von Kalk und Sand verschmutzten kurzen Hosen an, nur die Hemden wechselte ich. Das einzige Telefon im Ort verwaltete der Nachbar, dessen privater Anschluß zugleich als öffentliche Telefonzelle diente. Nach jedem Sturm oder Gewitter mußte er die Chaussee zum Nachbarort ablaufen, um die Leitung aus einem Baumgeäst zu befreien. Bei Gewitter setzte ich mich auf einem Schemel in die offene Haustür und sah zu, wie die Blitze aus dem unsichtbaren grollenden Himmel in die Felder schossen und der Regen tosend auf die Erde stürzte. Zwischen Himmel und Erde nichts als schwarzer Raum, keine Häuser, Bäume, Sträucher.

Ich war ein Stadtkind, und mein Verhältnis zur Natur beschränkte sich auf ihre Nutzbarkeit, ohne daß ich mir dessen bewußt gewesen wäre. Ich dachte einfach nicht darüber nach. Selbst als ich in Basekow den Gewittern zusah oder dem Sturm, der in gewaltigen Wellen das Korn peitschte, empfand ich vor allem eine tiefe Genugtuung, weil diese Macht keine Menschenmacht war, weil sie keinem Gesetz gehorchte und keiner Regierung, weil sie die Garantie war für einen größeren, der Lächerlichkeit unseres eigenen Lebens entzogenen Zusammenhang. Der Gedanke, eine Kreatur dieser undurchschaubaren, endlosen Welt zu sein, stattete mich gegenüber der Tatsache, daß ich den idiotischen Gesetzen einer ebenso idiotischen Menschenmacht unterlag, mit unbestreitbaren Rechten aus. Ob ich das damals schon so formuliert habe, weiß ich nicht, aber an die Beruhigung und eine keinem genauen Gedanken zugeordnete Gewißheit, die mich während des ersten Sommers in Basekow überkam, kann ich mich erinnern. Auf einem Foto, das Laura damals aufgenommen hat, stehe ich barfuß und in kalkbefleckter Kleidung auf der Straße vor unserem Haus. Ich breite die

Arme aus, als wollte ich jemanden begrüßen oder auffangen. Das Haar hängt in nassen Strähnen um den Kopf und ins Gesicht. Später hat Laura das Bild über ihren Schreibtisch gehängt. Weil du darauf aussiehst wie ein Mädchen, sagte sie. Als sie auszog, nahm sie es nicht mit. Ich war dem Foto von mir wohl nicht mehr ähnlich.

Im September begann die Schule, und wir zogen wieder nach Berlin. Mir waren alle Schuhe zu eng geworden, weil meine Füße vom ständigen Barfußlaufen breiter geworden waren. Im Herbst fuhren wir nur noch über die Wochenenden nach Basekow. Achim pflanzte Bäume, verkümmerte Birken und Lärchen, die wir an Waldrändern aus dem Schatten größerer Bäume befreiten. Angesichts der entlaubten, vor der weiten erdfarbenen Landschaft kaum sichtbaren Bäumchen rechnete ich aus, wann sie den Dachfirst unseres Hauses erreicht haben würden, und mußte an meinen Tod denken, der, gemessen an der erwünschten Baumhöhe, plötzlich sehr nahe schien. Inzwischen sind die Bäume groß, so groß und breit, daß ihre Äste ineinander greifen, und Achim behauptet, er hätte damals schon gesehen, daß sie zu wenig Abstand haben, aber ich hätte in meiner ewigen Ungeduld darauf bestanden.

In den letzten Jahren habe ich kaum noch an Irene gedacht, nicht mehr als ein flüchtiges Achja, wenn ich zufällig an ihrem Haus vorbeifuhr, ohne die Attacken des Gewissens, die mich damals, im ersten Jahr nach ihrem Tod, heimgesucht hatten. Ich wußte um meine Schuld, aber ich empfand sie nicht mehr. Erst seit zwei oder drei Wochen, seit Achim und Laura abgereist waren und auch die Gäste ausblieben, schlich sich mit dem Verschwinden des Sommers Irene wieder in meine Gedanken. Vielleicht erinnerte mich ja dieser in toskanische Sonne getauchte Herbst an unser erstes Jahr in Basekow. Vielleicht war es auch meine Erleichterung am Morgen, wenn ich, ohne nach dem Grund zu fragen, alle nackte Haut wieder verhüllen durfte, so daß kein zufälliger Blick, weder mein eigener noch der eines anderen, die in grellem Sonnenlicht schon sichtbare Gravur der Greisenhaftigkeit auf meiner Haut entdecken konnte. Vor allem aber meine Unlust, wieder in die Stadt zu übersiedeln. Ich hätte am Morgen überlegen müssen, welches Kleidungsstück sowohl dem bevorstehenden Anlaß als auch meinem äußeren Befinden angemessen wäre, ich hätte, um mich zu schminken, in den Spiegel sehen und dabei feststellen müssen, daß mir schon wieder ein melierter Scheitel gewachsen war und daß ich es leid war, diesen aussichtslosen Kampf zu führen gegen die Haare, die Haut und das Fleisch. Ich duschte nicht mehr, sondern badete unter einer Decke aus Schaum, wie Irene. Ich haßte die unvermeidlichen Augenblicke meiner Nacktheit am Abend und am Morgen. Ich kannte längst das Gefühl, wenn die Blicke der Männer mich neutralisierten; ich hatte seit wenigstens sieben oder sechs Jahren nicht mehr getanzt.

Als Elli und ich vor zwanzig Jahren im Morgenlicht eines schönen Sommertages nach einer durchfeierten Nacht einander die Köpfe nach grauen Haaren absuchten wie Affen ihr Fell nach Ungeziefer und Elli erschrocken flüsterte: Mensch, Johannachen, da sind wirklich welche, damals waren wir uns einig, daß wir nicht demütig abwarten sollten, bis uns das Alter häßlich, hilflos und lächerlich macht, sondern daß wir ihm zuvorkommen müßten, indem wir uns sein Brauchbares aneigneten, solange wir noch kräftig genug waren, es zu nutzen. Verlockend am Alter war eigentlich nur, daß alte Menschen, sofern gesund und bei Verstand, unabhängig sind. Sie müssen sich nicht ständig um ihre Zukunft sorgen, weil sie nicht mehr so viel davon haben. Vor allem aber, sagte Elli, könnten alte Menschen, besonders natürlich alte

Frauen, im Schutze ihrer gebrechlichen Erscheinung hundsgemeine und verbotene Dinge tun, die ihnen, meistens leider zu Recht, niemand mehr zutraut. Eigentlich, sagte Elli, müßten wir, wenn wir von unserem Alter etwas haben wollen, bald, am besten gleich damit anfangen. Wir müßten uns die Haare grau färben und lernen, uns Falten und eine fahle Haut ins Gesicht zu schminken, wir müßten uns gepunktete oder schwarze Kleider mit weißen Pikeekragen oder Smokstickerei besorgen.

Und kleine Schnürstiefelchen, sagte ich.

Schnürstiefelchen auch, sagte Elli, und Stöcke. Spazierstöcke und Krücken, die sind wichtig. Wir könnten zum Beispiel so einen Stock mit einer Abschußvorrichtung für Knallfrösche ausstatten und sie dann bei der Demonstration am Ersten Mai direkt vor der Tribüne abschießen.

Wir könnten auch einen Nagel in die Spitze schlagen und damit in der U-Bahn unsympathische Leute pieken, sagte ich, oder nachts Parolen an die Häuserwände malen, Reise- und Gedankenfreiheit für alle! oder sowas, und dann schnell wegrennen.

Für solche Albernheiten lohnt es sich nicht, alt zu werden, sagte Elli.

Aber alle lohnenden Aktionen, die uns einfielen – Sitzblockaden auf der Transitautobahn nach

Hamburg, unflätige Zwischenrufe von der Besuchergalerie der Volkskammer, subversive Unterweisungen von Schulklassen und Kindergartengruppen in Parks, Schwimmbädern, Zügen, Museen –, hätten uns sofort die Einweisung in eine psychiatrische Anstalt eingebracht oder erwiesen sich als unsinnig, weil es zum Beispiel eine Besuchergalerie in der Volkskammer gar nicht gab. Wir erwogen sogar, einen wichtigen westeuropäischen Botschafter zu kidnappen und für vierundzwanzig Stunden die Öffnung der Mauer zu fordern, gaben den Plan aber gleich wieder auf, weil es unmöglich gewesen wäre, eine Wohnung anzumieten, einen Fluchtwagen zu beschaffen und im entscheidenden Augenblick eine funktionierende Telefonzelle zu finden, ganz abgesehen von der Schwierigkeit, sich einem Botschafter, zumal einem westlichen, überhaupt zu nähern. Aussichtsreicher erschien uns Ellis Idee, den staatlichen Frauenverein zu unterwandern, wo wir uns vielleicht sogar mit echten alten Frauen verbünden könnten.

Auf jeden Fall dürften wir uns als steinalte Frauen furchtbar schlecht benehmen, sagte ich, und so frech sein, wie wirklich alte Frauen es gar nicht wagen, weil sie wegen ihrer Hinfälligkeit viel zu furchtsam sind und sich vielleicht sogar schämen.

Wir könnten auf der Post, in der Kaufhalle, sogar im Rathaus laut pöbeln, wenn wir uns ärgern, und wir könnten Polizisten, deren Urgroßmütter wir ja sein könnten, öffentlich anschnauzen und vor aller Welt lächerlich machen, ohne fürchten zu müssen, daß sie uns gleich den Kiefer brechen und die Arme auskugeln. Mehrere Stunden berauschten wir uns an den freiheitlichen Verheißungen unseres vorzeitigen Alters, bis Laura im Schlafanzug vor uns stand und frühstücken wollte.

Jetzt könnten wir doch, habe ich neulich zu Elli gesagt, jetzt hätten wir graue Haare, wenn wir sie nicht färbten, wir haben genügend Falten im Gesicht, sind aber noch nicht gebrechlich, jetzt könnten wir die Welt doch in Angst und Schrecken versetzen.

Wie denn, fragte Elli und legte ihre Beine quer auf die Bank, damit auch die Innenseite ihres linken und die Außenseite ihres rechten Beins von der Mittagssonne beschienen würden.

Weiß nicht, irgendwie, sagte ich.

Jetzt sind wir zu alt, um das noch zu wollen, sagte Elli, außerdem dreht man über sowas inzwischen Filmkomödien, alte Frauen, die Banken überfallen oder Bankräuber jagen, sind überhaupt nichts Besonderes mehr.

Elli klemmte ihren Rock zwischen ihre rosigen Schenkel und mixte sich den zweiten Campari mit Orangensaft. Außerdem, sagte sie, könnten wir jetzt alles, was wir zu sagen haben, in die Zeitung schreiben.

Du könntest alles in die Zeitung schreiben, ich nicht.

Du könntest ja Leserbriefe schreiben oder im Offenen Fernsehkanal reden oder dich für eine dieser irren Talkshows anmelden. Da treten fette Sechzigjährige im Bikini auf. Wie willst du das überbieten. Und warum?

Ich vermisse so ein Gefühl, sagte ich, diese schöne quälende Aufregung, wenn man verliebt ist oder für etwas kämpft, eine Leidenschaft eben, ja, das ist es: ich vermisse die Leidenschaft. Wahrscheinlich prozessieren so viele Menschen gegen alles mögliche nur, weil sie auch die Leidenschaft vermissen und sie beim Prozessieren finden, egal, ob sie gewinnen oder verlieren.

Ich dachte an Friedel Wolgast aus unserem Hauptdorf, die gegen ihren neuen Nachbarn, einen arbeitslosen Akademiker aus Berlin, zwar nicht prozessierte, aber eine leidenschaftliche Feindschaft hegte, die ihr, allein wenn sie von dem Mann sprach, erdbeerrote Flecken am Hals erblühen ließ. Friedel Wolgasts Mann war vor einem Jahr gestorben. Danach hatte sie das große Vieh abgeschafft und nur die Hühner und den alten Hund behalten. Die Kinder waren alle in die Stadt gezogen, besuchten ihre Mutter zwar regelmäßig und brachten in den Ferien auch die Enkelkinder zu ihr, aber meistens war Friedel allein, vor allem im Winter, wenn niemand in seinem Vorgarten buddelte, mit dem sie im Vorübergehen ein paar Sätze wechseln konnte. Früher hatte sie vormittags im Konsum am Fleischstand gearbeitet, war aber, als ihr Mann krank wurde, in den Vorruhestand gegangen, weil die Jungen die Arbeit ja auch dringender brauchten, sagte sie. Friedel Wolgasts Feindschaft entzündete sich an dem Feuer, das der Akademiker dicht an ihrem Zaun und in der Nähe ihres Heuschobers entfachte, um sich irgendwelcher alten Gegenstände zu entledigen, und das zu einer Jahreszeit, da offene Feuerstellen in Gärten streng untersagt waren. Friedel Wolgast, die sich vor einer Auseinandersetzung mit dem studierten Städter fast ebenso fürchtete wie vor dessen leichtfertigem Umgang mit dem Feuer, steckte ihm eine Gemeindeordnung, in der die entsprechenden Passagen rot angestrichen waren, in den Briefkasten. So begann der Streit, der nun schon ein

Jahr, beinahe so lange wie Friedel Wolgasts Witwenstand, währte. Fast jedes Gespräch, das der dörfliche Alltag ihr bot, galt dem Unglück dieser feindlichen Nachbarschaft, nur unterbrochen von kurzen, heftigen Beschwörungen ihres toten Mannes, der, wenn er noch lebte, es diesem schrecklichen Kerl wohl gezeigt hätte. Werner hätt dem vielleicht wat erzählt, da wär der janz still jeworden, der, sagte sie, und außer dem nachträglichen Stolz auf ihren wehrhaften Mann schwang in ihrer Stimme auch eine trockene Bitternis über die Ungerechtigkeit, verlassen zu sein und einem fremden Unhold ausgeliefert. Manchmal kam es mir vor, als hätte Friedels Trauer nicht stillhalten können, sondern Bewegung gesucht, und sei so ein Teil ihres Zorns geworden, als führe sie den Streit mit dem Nachbarn nur, um sich selbst den letzten Beweis zu erbringen, wie einsam und schutzlos sie geworden war.

Elli fischte mit dem Zeigefinger die Zitronenkerne aus dem Campari und sagte, ohne aufzusehen: Du mußt den Rittersporn festbinden, der kippt sonst um.

Kanntest du eigentlich Irene, fragte ich.

Welche Irene, die Bucklige? Die ist doch schon vor zehn Jahren gestorben.

Vor dreizehn, sagte ich, und seit ein paar Wochen muß ich immer wieder an sie denken. Ich habe mir damals nie wirklich vorstellen können, wie sie lebt, was sie entschädigt für all das, was ihr versagt war, was Glück für sie war, wenigstens die Illusion davon. Unser Glück war ja auch nur die Illusion davon, kam uns aber doch vorübergehend wie Glück vor. Ich weiß noch, daß ich als Kind nicht verstanden habe, warum die englischen Grubenarbeiter oder die schlesischen Weber an jedem Morgen wieder aufgestanden sind, statt sich lieber umzubringen; und daß meine Mutter mir erklärte, sie hätten auf die Gerechtigkeit im Himmel gehofft. Ich glaube nicht, daß Irene fromm war, jedenfalls haben wir nie darüber gesprochen. Inzwischen fühle ich mich manchmal selbst, wie ich glaube, daß sie sich gefühlt haben muß. Sie hat nie geduscht, sondern immer in einem Berg von Schaum gebadet, weil sie ihren Körper nicht sehen wollte.

Elli drehte sich mit angezogenen Beinen auf der Bank um hundertachtzig Grad, so daß jetzt die Innenseite ihres rechten und die Außenseite ihres linken Beins besonnt wurden, und trank einen großen Schluck von ihrem Campari. Ich konnte meinen Körper noch nie leiden, sagte sie, und dusche trotzdem.

Ich sagte, daß alt und verkrüppelt ähnliche Zustände seien, weil Alten ebenso wie Verkrüppelten bestimmte Ansprüche einfach nicht zustünden.

Vielleicht stehen die ja gar keinem zu, sagte Elli.

Ich hatte mir geschworen, Basekow nicht zu verlassen, ehe ich die ersten fünfzig Seiten der Biografie über Wilhelmine Enke geschrieben hätte. In der ländlichen Ereignislosigkeit hoffte ich wiederzufinden, was mich vor zwei Jahren bewogen hatte, dem Verlag mein Vorhaben als einen faszinierenden und originellen Beitrag zur preußischen Geschichte anzupreisen, und was mir ein Jahr später, als der Verlag mir tatsächlich einen Vertrag anbot, verlorengegangen war. Ich hatte damals in dem Schicksal der Wilhelmine Enke und späteren Gräfin Lichtenau ein Gleichnis gefunden, das nicht nur eine Antwort auf die Verwirrungen meines eigenen Lebens zu enthalten schien, sondern etwas Exemplarisches, einen Umkehrschluß oder eine andere Art vertrackter Logik, die mir nicht mehr zugänglich war. Ich konnte dieses Gleichnis nicht wiederfinden. Ich wußte nicht, was ich mit jener Wilhelmine Enke, der Geliebten und Vertrauten des zweiten Friedrich Wilhelm, zu tun haben könnte, und schon gar nicht, warum ich eine Biografie über sie schreiben sollte. Aber ich hatte einen Vertrag, brauchte Geld und fühlte mich überdies auch von keinem anderen Thema angezogen, für das ich mich zugleich als kenntnisreich und somit zuständig hätte empfehlen können. Überhaupt kam mir alles, für das ich eine gewisse Zuständigkeit vorweisen konnte, seit einiger Zeit belanglos vor. Die Existenz einer Biografie über Wilhelmine Enke war sogar in meinen, ihrer designierten Verfasserin, Augen, vollkommen bedeutungslos, außer für meinen Kontostand. Da ich, nachdem ich die Universität verlassen hatte, nichts anderes getan habe, als Nach- und Vorworte zu verfassen, Begleittexte zu literarischen Schallplatteneditionen zu schreiben oder eben kurze und längere Biografien, fragte ich mich, warum mir die Zweifel an der Sinnhaftigkeit meiner Arbeit nicht früher, sondern erst jetzt gekommen waren. Vielleicht lag ja auch das am Alter, an diesem demütigenden und wehrlosen Zustand des Altwerdens, der, worauf kaum einer gefaßt ist, über uns kommt, während wir uns fast noch im Lager der Jugend wähnen; dann aber, eine Grippe, ein paar anstrengende Wochen, ein Schmerz, und eines Tages, unvorbereitet, erkennen wir im Spiegel unser neues, das fast alte Gesicht und warten von da an auf die unbarmherzige tägliche Verwandlung in das ganz alte. Ich bildete mir ein, wenn das geschafft war, wenn die Metamorphose vom Schmetterling zur Larve hinter mir liegen und auch der höfliche Einwand gegen den Satz: »ich bin alt« lächerlich geworden sein würde, würde ich erlöst sein, und vielleicht offenbarte sich mir dann doch noch etwas von der Lust, die Elli und ich uns vor langer Zeit vom Altsein versprochen hatten; vielleicht, obwohl ich es mir überhaupt nicht vorstellen konnte.

Es war aber auch möglich, daß mein peinlicher Zustand nur insofern mit dem Altwerden zu tun hatte, als die Zeit vergangen war und ich nun in einer anderen Zeit lebte, die alles, was ich tat, in eine andere Bedeutung tauchte, und daß Biografien keine heimlichen Botschaften mehr enthielten, um derentwillen sie überhaupt geschrieben wurden, sondern nichts anderes waren als Biografien, sorgsame Erinnerungen, Wissenspartikel für Liebhaber.

Vor fünfzehn Jahren hätte allein der Hinweis

auf das verschollene Grabmal der Gräfin Lichtenau eine simple Biografie in eine Protestschrift verwandelt, weil das Grab der Gräfin Lichtenau 1961 in den Todesstreifen zwischen Ost- und West-Berlin einplaniert worden war, was ich so deutlich in einer Biografie natürlich nicht hätte schreiben dürfen. Vermutlich hätte ich, möglichst beiläufig, nur erwähnt, daß bis zum Beginn der sechziger Jahre das Grabmal auf dem Alten Domfriedhof St. Hedwig an der Liesenstraße zu besichtigen war. Mehr hätte es nicht gebraucht, um den Protest in die Welt zu senden und in jedem, der die Botschaft empfing, eine lodernde Empörung zu entfachen. Ein Klopfzeichen aus dem Untergrund, eine blasse Leuchtkugel am Horizont, ein Rauchsignal über dem unwegsamen Wald hätte diese harmlose Biografie vor fünfzehn Jahren sein können, und wer sie schrieb, hätte sich der Wichtigkeit seines Tuns, ja, seiner ganzen Existenz, gewiß sein dürfen. Sogar jemand, der die Biografie gar nicht geschrieben hatte, aber die durch sie ausgelöste Empörung teilte, und sei es heimlich, durfte sich wichtig fühlen, weil allein seine Empfänglichkeit für Botschaften dieser Art ihn unentbehrlich machte für die Versender der Botschaften, weil er ein Eingeweihter war und weil jemand wie er für das Fortleben der Kultur bürgte. Vor fünfzehn Jahren hätte der Leser meiner Biografie über die Gräfin Lichtenau seinen Freunden sofort von der Offenbarung der ungeheuerlichen Grabschändung berichtet, und die hätten es ihren Freunden erzählt, und alle wären mir dankbar gewesen und hätten mich bewundert, weil ich es gewagt hatte, darüber zu schreiben, und zudem so geschickt, daß der Zensor den entscheidenden Satz überlesen hatte.

Während der vielen Jahre, in denen ich Biografien und Begleittexte für literarische Schallplatteneditionen schrieb, um Botschaften in ihnen zu verstecken, hoffte ich auf irgend etwas, das eigentlich nur ein Wunder hätte sein können, ein Naturereignis, zur Not auch eine Naturkatastrophe, die das Unterste nach oben und das Oberste nach unten wälzen und keinen Grabschänder und keinen Zensor auf seinem Platz lassen würde. Solchen oder ähnlichen Träumen gab ich mich wohl hin, wenn ich in Basekow den Gewittern zusah. Und als das Wunder wirklich geschah, zwar nicht durch eine Naturkatastrophe, sondern das einer Naturkatastrophe gleichkommende, unvorhersehbare Wechselspiel außen- und innenpolitischer Ereignisse, war ich außer mir vor Glück, auch weil ich niemals mehr Botschaften in Biografien würde verstecken müssen.

Wahrscheinlich hätte ich damals mit dem Biografienschreiben aufhören sollen.

Im ersten Jahr nach dem Wunder konnte, wer die Zeichen der Zeit wirklich erkannt hatte und nicht lange zögerte, sein bisheriges Leben schließen wie ein Buch und einfach ein neues beginnen. Achims Zimmernachbar im Institut wurde Minister, nachdem er achtzehn Jahre lang mit der Herausgabe des Gesamtwerkes von Ludwig Tieck befaßt war, und der Parteisekretär meines Schallplattenverlages gründete ein Beerdigungsunternehmen, nur fünf Minuten Fußweg von unserer Wohnung entfernt. Sooft ich seinen Laden passieren mußte, wurde ich von zwiespältigen Gefühlen heimgesucht, weil ich dem Mann zwar entkommen, aber zugleich wieder ausgeliefert war. Achim mußte mir versprechen, mich im Fall meines plötzlichen Ablebens auf keinen Fall dem Parteisekretär zu überlassen.

Nachträglich kommt es mir vor, als hätten wir in diesem ersten Jahr unaufhörlich nur gelacht. Wenn ich versuche, mich an Achim, Elli und die anderen während dieser Zeit zu erinnern, sehe ich sie alle mit erhitzten, in dem gleichen ungläubigen

Lachen aufgelösten Gesichtern, so wie Menschen, die ein Wunder erlebt haben, vielleicht immer aussehen. Ich weiß, daß es anders gewesen sein muß, weil kurz darauf Achims Institut geschlossen wurde und weil die Programme der Verlage, also auch die Aufträge für Vor- und Nachworte, über Nacht gestoppt wurden. Trotzdem kann ich mich nur an unser Lachen erinnern.

Sogar unser Nachbar in Basekow lachte. Er stand vor den endlosen Genossenschaftsfeldern, rieb sich mit einem schadenfrohen Kichern die Hände und sagte: Dat jeht jetzt allet kaputt. Der Krieg hatte seine Familie aus Hinterpommern hier angeschwemmt. Mit vier Pferden waren sie in einem Dorf bei Stargard aufgebrochen. Drei Pferde hatten ihnen die Russen unterwegs schon abgenommen; als sie nach dem vierten griffen, hielt sich der Großvater am Zaumzeug fest und schrie: Dat is min. Sie erschlugen ihn und nahmen das Pferd. In Basekow bekam die Familie ein Siedlungshaus und ein Stück Land. Später schaffte der Vater zwei neue Pferde an, die ihnen bei der Kollektivierung wieder genommen wurden. Unser Nachbar hielt Schweine, Bullen und Schafe. Ein Pferd, das hatte er geschworen, wollte er nie wieder haben. Im Frühling dieses ersten Jahres schüttete er mit einem Bulldozer die Müllkuhle zu, in die wir alle bis dahin unsere Abfälle geworfen hatten, weil es keine Müllabfuhr gab, er brannte das trockene Gestrüpp ab, säte Gras und setzte einen Koppelzaun um die Wiese. Eines Tages sagte er: Heut hol ick sie. Und am Nachmittag drängten sich in dem Gehege zwei blondmähnige Haflinger scheu aneinander.

Damals hätte ich mit dem Biografienschreiben aufhören sollen. Aber es muß mir wohl gleichgültig gewesen sein, was ich in dieser unverhofften Zukunft tun würde. Allein daß sie begonnen hatte, entschädigte mich für alles, was mir fortan zustoßen konnte. Ich berauschte mich am täglichen Zusammenbrechen aller gewohnten Lebenseinrichtungen, der Ämter, Geschäfte, Betriebe, Universitäten, Fernsehprogramme; sogar als der Schallplattenverlag einging, empfand ich das als meinen persönlichen Sieg, obwohl ich ohne den Schallplattenverlag nur noch die Hälfte verdiente, wobei ich die andere Hälfte, die Honorare für Vor- und Nachworte, sowieso schon verloren hatte.

Es ist seltsam, daß ausgerechnet ich, die ich genug wußte über die zufälligen und schicksalhaften Fügungen in fremden Biografien, nicht auf die Idee kam, meine eigene neu zu erfinden oder wenigstens auf ein anderes Gleis zu lenken. Statt dessen suchte ich neue Auftraggeber für Nachworte und Biografien.

Anfangs genoß ich es, Tabus, die noch ein Jahr zuvor meine Themen und meinen Wortschatz bestimmt hatten, wenigstens nachträglich zu verletzen. Ich schrieb über Ezra Pound, Gottfried Benn, Uwe Johnson. Wörter, die bis dahin dem privaten Gebrauch vorbehalten waren, durfte ich jetzt in meinen Aufsätzen benutzen. Manchmal hatte ich das Gefühl, mein Schädel müsse größer geworden sein und meine Gedanken bewegten sich in einem weiteren Raum. Früher mußten sie, wendig wie Schlangen, durch Ritzen und Lücken kriechen, jetzt hüpften, flogen, schwebten sie unter meiner Schädeldecke aufgeregt hin und her und wollten sich manchmal überhaupt keiner Ordnung mehr fügen.

Aber selbst wenn der allgemeine Aufruhr mich damals hingerissen hätte, mir ein zweites Leben zu entwerfen, wäre jeder Plan wahrscheinlich an meinen mangelnden Talenten gescheitert. Ich konnte nichts anderes, als gut verständliche Begleittexte und biografische Skizzen schreiben. In mir rumorte keine unterdrückte Begabung, die nur auf ihre Befreiung wartete. Mir genügte die Aussicht auf das bislang verbotene Feld meiner gewohnten Arbeit, das sich wie ein großer Friedhof voller verlockender Namen und Schicksale vor mir ausbreitete, und es lag an mir, an welche von ihnen sich wenigstens ein geringer Teil der Menschen erinnern würde.

So, glaube ich, muß ich das damals gesehen haben, und eigentlich war es auch so. Nur kam es seit einiger Zeit niemals mehr vor, daß ich beim Schreiben vor Aufregung ins Schwitzen geriet und mein Puls sich beschleunigte, daß plötzlich, unbemerkt, drei oder vier Stunden vergangen waren. Früher hatte ich manchmal Achim im Institut angerufen oder Elli, als sie noch nicht in Kreuzberg wohnte, um eine gerade geschriebene, geheimbotschaftsträchtige Seite vorzulesen. Wahrscheinlich schrieb ich jetzt, da ich über alle Archive, historische Berühmtheiten und Wörter verfügen durfte, bessere Biografien und Nachworte als damals, trotzdem war es gleichgültig, ob ich oder ein anderer, vielleicht sogar besserer, als Verfasser über oder unter dem Text stand, weil Biografien eben nur noch Biografien waren und niemand mehr auf die Idee kam, in ihnen nach geheimen Botschaften zu suchen.

Achim hielt meinen Drang, Botschaften zu versenden, für einen Tick, eine geistige Deformation, ein pubertäres Bedürfnis als Folge erzwungener defensiver Denkgewohnheiten.

Achim saß an seinem Schreibtisch, den Rücken mir zugekehrt. Ich stand hinter ihm und hatte, in der Hoffnung, er ließe sich zu einem Gespräch hinreißen, vorsichtig über meine Unlust an der Enkeschen Biografie geklagt.

Achim schrieb, ohne aufzusehen, weiter, auch sein Rücken zeigte nicht die geringste Regung. Ich sah über Achims Rücken hinweg aus dem Fenster. Im Haus gegenüber steckte der Terrier den Kopf durch das Balkongitter und suchte Kontakt zu einem gelben Labrador, der gerade gegen den Zaun eines Vorgartens pinkelte.

Hast du gehört?

Jaja, sagte Achim.

Ja, und?

Ja, ich weiß doch, sagte Achim und sah mich immer noch nicht an.

Was weißt du denn? fragte ich.

Achim hob den Kopf, und dann sagte er es: ich sei geistig deformiert, litte an einem Tick und pubertären Bedürfnissen. Er lachte. So bist du eben, ist doch nicht schlimm, sagte er und beugte sich wieder über das, was auf dem Schreibtisch vor ihm lag. Der Terrier auf dem Balkon gegenüber hörte nicht auf zu kläffen. Ich blieb noch eine Weile hinter Achim stehen, sah auf seinen Rücken und den immer noch knabenhaften Nacken mit der sanften Vertiefung in der Mitte. Als ich aus dem Zimmer ging, schloß ich die Tür.

Ich war schon seit zwei Wochen in Basekow und hatte außer einigen Notizen, die ich zu meiner Lektüre gemacht hatte, nichts geschrieben. Ich hatte zum letzten Mal in diesem Jahr den Rasen gemäht und Laub geharkt, die Birken warfen schon die Blätter ab, ich ließ ein neues Schloß einbauen, weil das alte seit zwei Jahren klemmte, strich die Außentüren mit Holzschutzmittel ein. Wenn es warm war, saß ich mittags ein oder zwei Stunden in der Sonne, trank Kaffee oder Apfelsaft, sah ziellos über die abgeernteten Felder, verfolgte den müde gewordenen Flug der Wespen oder las den Nord-Kurier, manchmal auch das kostenlose Werbeblättchen, und studierte die Sonderangebote, von denen ich keins erwerben wollte; abends las ich oder telefonierte, meistens mit Elli, trank Weißwein, manchmal mit Wasser verdünnt, sah irgendwelche

Serienkrimis, die wegen der Werbeblocks alle viel zu lange dauerten, und wartete darauf, daß sich in mir etwas rührte, das sich gegen diesen Stumpfsinn wehrte. Nur nachts, wenn ich nicht schlafen konnte, weil die Fliederäste gegen die Dachrinne schlugen oder der Marder im Dach tobte und ich im oberen Stockwerk des Hauses saß wie auf einem Schiff mitten im dunklen Meer, abgeschnitten von den anderen Menschen und allem, was hätte Halt bieten können, wenn die ächzenden Bäume und der stoßweise atmende Wind mich fürchten ließen, daß ich ihresgleichen war, und ich, weil alle Welt schlief, auch niemanden anrufen konnte, setzte ich mich an meinen Schreibtisch und blätterte in meinem Adreßbuch, bis ich eine Person fand, mit der ich mich aus meiner spukhaften Einsamkeit in Verbindung setzen wollte, und schrieb an sie einen Brief. Den zweiten Brief schrieb ich an Achim, den ersten und den dritten an Christian P., den ich seit Jahren nicht gesehen und auch nicht gesprochen hatte. Ich wußte nicht einmal, ob er immer noch unter der alten Adresse zu erreichen war.

Christian P. hatte Elli zu uns geschickt, damals, als sie schon in Kreuzberg wohnte und selbst nicht kommen durfte. Wenigstens einmal im Monat stand einer ihrer Abgesandten vor der Tür, mit einem Buch, französischem Käse oder Oliven in der Tüte. Manche kamen nur einmal, andere hin und wieder, mit einigen wurden wir über die Jahre vertraut. Christian P. hatte sich telefonisch angemeldet und brachte außer einem Buch von Hannah Arendt, das Elli ihm mitgegeben hatte, einen Blumenstrauß, was ungewöhnlich war. Er lebte in München, wo er für einen kleinen Wissenschaftsverlag arbeitete, und sein Besuch bei uns war sein erster Ausflug nach Ost-Berlin. Seitdem sahen wir ihn zwei- oder dreimal im Jahr; einmal, auf der Durchreise nach Schweden, besuchte er uns sogar für ein paar Tage in Basekow. Elli erzählte später, ich hätte, als ich ihr am Telefon von der ersten Begegnung mit Christian P. berichtete, von ihm als einer Erscheinung gesprochen, er ist eine Erscheinung, soll ich gesagt haben, was ich deshalb für möglich halte, weil meine Tante Ida Menschen, die sie als auffallend und beeindruckend beschreiben wollte, oft eine Erscheinung genannt hatte.

Christian P. trug, als ich ihn das erste Mal sah, einen Anzug und eine Krawatte, seinen Trenchcoat hatte er, locker zusammengefaltet, über die linke Schulter geworfen. Achim trug fast niemals einen Anzug, eine Krawatte schon gar nicht, und auch die anderen Männer in meiner Umgebung kleideten sich für gewöhnlich in Jeans, Pullover und Jacken. Anzüge galten als eine Art Zwangsjacke, und wer sie tragen mußte, war ein Anstaltsinsasse – ein Gefangener oder ein Idiot. Christian P. sah aber ganz und gar nicht aus wie ein Anstaltsinsasse; eher, als hätte ihn eine Windböe vor meine Tür geweht. Zwei kurze Haarsträhnen sträubten sich über seiner Stirn, und alles an ihm wirkte bewegt, die Augen, der Körper, der Atem, die Kleidung, als wäre er gerade im Augenblick, da ich die Tür öffnete, zum Stehen gekommen. Dieses Bild jedenfalls sah ich vor mir, als ich in meinem Adreßbuch Christian P.s Namen fand. Es war aber auch möglich, daß es längst ein Extrakt aller anderen Bilder geworden war, die ich mir von ihm inzwischen gemacht hatte, in das seine Erzählungen und unsere Gespräche ebenso eingeflossen waren wie der Abend, an dem wir beide allein durch das alte Scheunenviertel gelaufen sind. Einige Häuser in der Sophienstraße standen leer, weil sie demnächst saniert werden sollten, und Christian P. beharrte darauf, ihr Inneres zu inspizieren. In der zweiten Etage war eine Wohnungstür nur angelehnt, vom Treppenhaus trat man direkt in den ersten der beiden Räume. Aus der Wand ragten die Gewinde für die Wasserhähne, das dunkelgrüne Ölpaneel war rissig, die Dielen durchgetreten. Hinter der Küche, nur durch eine Tür verbunden, lag ein kleines Zimmer, sauber gefegt, in der Ecke lagerten sorgfältig gestapelt zwanzig oder dreißig Bücher, deren Einbände zum Teil mit braunem und grünem Velourpapier verklebt waren, was sich als eine oberflächliche Tarnung für die Hauptwerke von Solschenizyn und Arthur Koestler erwies. Offensichtlich war dieser Schatz hier für jemanden hinterlegt worden, der aber nicht gekommen war. Bei euch geht es ja zu wie im Film, sagte Christian P., sichtbar entzückt von einer Situation, die er noch weniger deuten konnte als ich. Im letzten milchiggrauen Tageslicht sortierte er die Bücher, legte dann die Hand auf den kleineren Stapel und sagte: Die nehmen wir mit. Ohne Christian P. hätte ich die Bücher ganz sicher nicht genommen. Ich hätte mich gescheut, in das Geheimnis, das sich hinter ihrer Anwesenheit verbergen mußte, einzugreifen. Vielleicht war der Besitzer der Bücher ja in den Westen gegangen, warum sonst hätte er sie zurücklassen sollen, vielleicht war er gerade an diesem Tag ausgereist, und morgen würde sein Freund kommen, um die Kostbarkeiten zu bergen, die wir aber inzwischen geplündert hatten, so daß der Freund glauben müßte, sein Freund hätte die wichtigsten Bücher doch nicht ihm, sondern einem anderen zugedacht, was ihn natürlich kränken würde und vielleicht, weil sie die Sache ja niemals mehr bei einem Bier und Auge in Auge klären könnten, zum Ende einer jahrelangen, wenn nicht jahrzehntelangen Freundschaft führen könnte. Ich weiß nicht mehr, ob ich das damals nur gedacht oder Christian P. auch gesagt habe, nehme aber an, daß ich nichts gesagt habe, weil es zu schwierig gewesen wäre, einem unbelasteten Menschen aus München diese Zusammenhänge glaubhaft zu erklären. Außerdem hatte mich Christian P.s Lust an der Beute inzwischen angesteckt. Wir stopften die Bücher in unsere Mantel- und Jackentaschen, und als ich vor Christian P. durch die Wohnungstür ins Treppenhaus treten wollte, hielt er mich mit einer kleinen, leichten, eigentlich nur mit der Andeutung einer Bewegung zurück, und wir küßten uns. Es war das einzige Mal, daß wir uns geküßt haben, und später dachte ich, daß dieser Kuß inmitten der unwirklichen, fremdes Leben verdunstenden Kulisse einfach nur unseren Respekt vor der Tatsache bezeugte, daß Christian P. ein Mann war und ich eine Frau, vor allem das.

Daran erinnerte ich mich, als ich in Basekow nachts im oberen Stockwerk des Hauses saß wie auf einem Schiff mitten im dunklen Meer und in meinem Adreßbuch nach jemandem suchte, dem ich einen Brief schreiben wollte. Der Kuß lag mehr als zehn Jahre zurück. Wir haben uns später noch oft gesehen, einmal auch in München, als es möglich war, danach aber nicht mehr.

Lieber Christian, schrieb ich,

das ist ein Brief aus der Vergangenheit, eigentlich aus Basekow, das Du ja kennst, nur daß unser Haus jetzt größer und schöner ist, weil wir das Dach ausgebaut haben. Ich bin hier allein, um zu arbeiten, was mir aus Gründen, die herauszufinden ich mich gerade mühe, nicht gelingen will. Und plötzlich, wie von einer Windböe hergetragen, kommst Du mir in den Sinn. Ich glaube, ich habe Dir das nie gesagt, aber mit Dir habe ich immer das Wort frei verbunden; alles an Dir, wie Du sprichst, denkst, wie Du Dich bedankst, wirkte auf mich so zwanglos und sicher. Du warst nie so aufgeregt wie wir, auch nie so verzagt. Nach Deinen Besuchen habe ich immer ein paar Tage versucht, selbst so zu sein, länger als ein paar Tage habe ich es nie geschafft. Ich erzähle Dir das, weil ich glaube, daß ich deshalb jetzt – es ist mitten in der Nacht, und ich kann nicht schlafen – Lust habe, Dir zu schreiben. Vielleicht auch, weil wir uns so lange nicht gesehen haben und ich darum mit Dir nicht sprechen kann wie mit Achim oder Elli, denen ich immer alles schon erzählt habe, so daß ich beim Reden keine Ordnung in die Gedanken bringen muß. Vielleicht schreibe ich ja auch an Dich, weil Du, außer Achim natürlich, der letzte Mann warst, den ich geküßt habe. Vor mehr als zehn Jahren. Ich weiß noch genau, wie wir, mit den Büchern in unseren Taschen, durch die menschenleere Sophienstraße gelaufen sind, ohne ein Wort zu sprechen, und erst in der Kneipe einander wieder ansahen und erleichtert waren, weil wir beide lachen mußten. Heute kommt es mir vor, als hätte ich damals immer darauf gewartet, daß mein eigentliches Leben eines Tages noch beginnt. So kam es ja kurz darauf auch, und wir alle hatten plötzlich das Gefühl, daß unser wirkliches Leben erst beginnt. Und jetzt, ein paar Jahre später, hat mich die Ahnung, eher die Furcht befallen, es könnte schon wieder vorbei sein mit dem eigentlichen Leben, weil es zu spät angefangen hat, weil wir gar nicht mehr dran sind mit dem richtigen Leben, sondern daß für uns bald diese öde lange Restzeit beginnt, zwanzig oder dreißig Jahre Restzeit, in der wir nur noch als Zielguppe von Verkäufern aller Branchen und als katastrophaler Kostenfaktor für die Krankenkassen wichtig sind und sonst von skandalöser Unwichtigkeit, so daß unsere Enkelkinder eines Tages auf die Idee kommen müssen, ob sie uns überhaupt leben lassen können, unnütze, faule Menschen, die unnützen, faulen Vergnügungen nachgehen, zwanzig oder dreißig Jahre lang, und das obendrein ihren wohlverdienten Lebensabend nennen, vom ganzen Leben ein Drittel.

Aber darüber wollte ich gar nicht schreiben, so weit ist es ja auch noch nicht. Schlimmer ist: ich habe jetzt schon das Gefühl, daß ich nichts kann, was diese Welt noch braucht. Ich konnte Botschaften in Biografien verstecken, und das ist über Nacht eine ganz überflüssige Fähigkeit geworden. Vielleicht habe ich in meinem Leben zuviel Kraft darauf verwendet, etwas nicht zu tun, und Achim hat recht mit seiner Behauptung, ich sei geistig deformiert infolge erzwungener defensiver Denkgewohnheiten. Mein Vater hatte eine Cousine, die ihr Leben lang nicht gelernt hat, vernünftig zu telefonieren, weil sie unter den Nazis drei Jahre im Zuchthaus gesessen hatte. Jede Verabredung zum Kaffeetrinken wurde zur konspirativen Aktion. Wenn sie sich mit einem von uns am Alexanderplatz treffen wollte, sagte sie: du weißt schon, bei der komischen Uhr, oder: an dem großen Turm. Sogar die Uhrzeit versuchte sie zu umschreiben: eine Stunde später als jetzt, sagte sie oder: zwei Stunden früher als beim vorigen Mal. Es war vollkommen unsinnig, aber sie konnte nicht anders. Vielleicht bin ich ihr nicht unähnlich. Ich versuche gerade, eine Biografie über Wilhelmine Enke zu schreiben, und kann nicht herausfinden, was mich daran interessieren sollte. Ich habe das unzeitgemäße Bedürfnis, etwas Wichtiges zu tun. Früher war es wichtig, Solschenizyn und Koestler zu lesen und weiterzugeben. Es war schon wichtig, einfach nur gegen den Staat zu sein, mehr mußte man gar nicht tun, um wichtig zu sein. Natürlich war das eine ganz idiotische Wichtigkeit, trotzdem fehlt sie mir.

Lieber Christian, es war schön, Dir das zu erzählen, und wenn ich weiß, ob es Dich interessiert, schreibe ich mehr. Warum haben wir uns eigentlich so lange nicht gesehen? Ich ahne etwas, weiß es aber nicht genau. Weißt Du es? Ich grüße Dich herzlich aus meiner Ödnis, wo ich noch einige Zeit bleiben werde.

Deine Johanna

An Achim schrieb ich:

Liebster Achim, wenn ich an Dich denke, sehe ich Deinen Rücken. Ich versuche, Dich auf Deinem Stuhl zu drehen, damit ich Dein Gesicht sehen kann, aber sobald ich den Stuhl loslasse, dreht er sich weiter, und ich sehe wieder nur Deinen Rücken. An einen Rücken schreibt es sich schlecht, so schlecht, wie es sich mit ihm reden läßt. Wie ich früher in Deinem Gesicht gelesen habe – die Spannung zwischen Augenlidern und Brauen, die Konkurrenz von Ober- und Unterlippe, die Durchlässigkeit Deiner Augen –, so kann ich inzwischen die Schatten, Biegungen und Verkrampfungen Deines Rückens deuten. Manchmal, wenn ich ihn nicht mehr sehen kann, schließe ich hinter Deinem Rücken leise die Tür Deines Arbeitszimmers. Kehrst Du der Welt und mir den Rücken, weil Dich mehr als der ganze lebendige Rest das bedruckte Papier vor Dir interessiert, oder krallst Du Dich am Papier fest, um Deine Unlust an der Welt zu tarnen? Willst Du mich nicht sehen? Oder soll ich Dich nicht sehen?

Kommst Du am Wochenende? Es soll warm bleiben.

Noch immer in Liebe, Deine Johanna

Am nächsten Morgen fuhr ich ins Hauptdorf, um die Briefe aufzugeben, ließ mir den Brief an Achim aber im letzten Augenblick zurückgeben, obwohl er schon frankiert war.

Vor dem Lebensmittelgeschäft, das auch die Poststelle betreibt, traf ich Friedel Wolgast, die ihr mit Taschen und Körben bepacktes Fahrrad stöhnend über die holprige Straße schob. Bis zum Tod ihres Mannes hatte Friedel Wolgasts Körper Jahr für Jahr eine Schicht zugelegt, wie Jahresringe um einen Baum, und sich mit der Zeit zu einem in dieser Gegend üblichen derben, konturlosen Frauenkörper ausgewachsen, mit schweren Brüsten und der gleich darunter ansetzenden Wölbung des Bauches, von ähnlicher Masse an der Hinterseite im Gleichgewicht gehalten. Schon während der Krankheit ihres Mannes war Schicht um Schicht von Friedel Wolgasts Matronenleib abgeschmolzen, der nun dabei war, seine letzte Gestalt in ihrem irdischen Leben anzunehmen. Noch ein oder zwei Jahre, und Friedel Wolgast würde eine jener hageren, gebrechlichen alten Frauen geworden sein, in die sich fast alle die robusten Bauersfrauen dieses Landstrichs verwandelten, sobald sie ihre Männer um einige Jahre überlebt hatten.

Vor zwölf oder dreizehn Jahren hatte Friedel Wolgast mich auf der Straße angesprochen und gefragt, ob ich, da ich doch mit Büchern zu tun hätte, vielleicht wüßte, wie oder wo sie »Grimms Märchen« kaufen könne. Sie hätte sogar schon in der Kreisstadt gefragt, aber nur mitleidiges Gelächter geerntet. Das wüßten wir selbst gern, hätte die Buchhändlerin gesagt. Sie würde ihren Enkelkindern so gerne »Grimms Märchen« vorlesen, hatte Friedel gesagt, so wie ihre Großmutter ihr daraus vorgelesen hatte. Achim trieb das Buch in einem Antiquariat auf. Es kostete drei oder vier Mark, die Friedel unbedingt bezahlen wollte, wir aber nicht annahmen, worauf Friedel am nächsten Wochenende ihren Mann mit einer Erdbeertorte zu uns schickte.

Ich lief ein paar Schritte neben Friedel Wolgast her.

Na, auch einkaufen jewesen, sagte sie.

Wie gehts denn so, sagte ich.

Is nischt so alleine, sagte Friedel mit einem kurzen wehen Blick, und dieser verfluchte Kerl, hast ja wohl jehört, macht mir dat Leben zur Hölle. Neulich erst wieder, dieser Dreckskerl, der.

Sie blieb stehen und klappte mit dem Fuß das Standbein ihres Fahrrads aus. Jörg, ihr Junge, sagte sie, könne schließlich nur am Wochenende kommen, und das auch nicht an jedem, weil er hundertfünfzig Kilometer entfernt wohne, und daß er ihr darum auch nur am Wochenende das Holz sägen könne; und die Tochter hätte bis nach Bayern ziehen müssen, weil sie hier keine Arbeit finden konnte. Er käme schließlich zur Erholung aufs Land und nicht, um sich das Gekreisch einer Kreissäge anzuhören, hätte der Dreckskerl gesagt und mit der Polizei gedroht. Zur Erholung, Friedel Wolgasts Stimme schwoll an, zur Erholung, und unsereins soll sich hier im Winter den Hintern abfrieren, wo der in Berlin bei seiner Zentralheizung sitzt und sich denn da erholt. Ick wohn hier, ick bin hier zu Haus, und mein Lebtag hats keinen Ärger mit den Nachbarn jegeben, da kannst jeden fragen hier.

Die Röte war ihr über die Wangenknochen bis an die Haarwurzeln gestiegen. Wie wärs mit ner Tasse Kaffee, fragte sie. Auf den hundert Metern bis zu ihrem Haus erzählte sie noch einmal, wie ihr Elend begonnen hatte mit dem Feuer im Garten, ihrem

Heuschober nebenan und den rot angestrichenen Passagen in der Gemeindeordnung, schüttelte hin und wieder den Kopf, seufzte: Nee, womit hab ick dat verdient, und: Wenn Werner noch leben würde.

Der Hund, eine dörfliche Abart des Schäferhunds, lag apathisch im Zwinger, die Schnauze auf den gekreuzten Pfoten. Er war so abgemagert wie seine Herrin.

Mit dem is auch nischt mehr los, seit Werner nicht mehr ist, frißt nicht mal richtig, sagte Friedel.

Ich fragte, ob es wahr sei, was im Dorf erzählt wurde, daß der Hund nachts zum Friedhof liefe und sich auf Werners Grab legte.

Zwei-, dreimal die Woche is er hingelaufen, sagte Friedel, dat stell sich einer vor. Nu muß er auch nachts im Zwinger bleiben.

Nimm ihn doch mit ins Haus, dann habt ihr beide Gesellschaft, sagte ich.

Hab ich ja versucht, jeht gar nich, sagte Friedel. Da liegt er mit eingezogenem Schwanz an der Haustür und hat Angst. Dat weiß er, daß er nich ins Haus darf. Nu lernt ers nich mehr anders.

Friedel zählte den Kaffee löffelweise in die Filtertüte, goß behutsam das Wasser in die Maschine, wischte, obwohl nichts vergossen war, den Tisch erst mit einem feuchten, dann mit einem trockenen Tuch, stellte die Tassen auf den Küchentisch, den eine Plastikdecke mit reichem Rosenmuster, kleine Sträußchen mit blauen Bändern, zierte, nahm den Putzlappen wieder in die Hand und seufzte wie bei einer schweren Arbeit.

Jede Woche denkt der sich neue Schikane aus. Jetzt stellt er sein Auto immer vor meinen Zaun, da, wo die Wiese ist, weißt du, wo die Windröschen sich ausgesät haben. Sieht doch schön aus. Die fährt er alle um. Das ist Allmende, sagt er. Dat is Allmende, dat stimmt, is doch aber kein Grund, unschuldige Blumen umzufahren. Dat is mein Zaun, und wo mein Zaun is, da is auch meine Allmende. Das ist Gewohnheitsrecht, hat sogar Frau Böck vom Amt gesagt. O Mann, ick könnte den, sagte Friedel und ballte ihre rechte Hand mit dem Putzlappen darin zur Faust.

Während sie sprach, bewegte sie sich in langsamen Drehungen durch die blitzsaubere Küche, und auf jeder Fläche, vor der sie zum Stehen kam, wischte sie an imaginären Schmutzflecken. Der Duft des Kaffees, der langsam durch die Maschine gurgelte, die Rosen auf der Tischdecke, Friedels schlafwandlerische Betulichkeit und ihre wehklagende Rede, in der sich die feste Ordnung ihrer Welt und Gedanken offenbarte, umspülten mich wie warmes Wasser. Mir war wohl und schläfrig zumute.

Bald kommt der Winter, dann bist du ihn erst mal los, sagte ich.

Der kommt auch im Winter, sagte Friedel, wirste sehen, der treibt irgendwas in seinem Haus, irgendwas Verbotenes. Wat will der sonst hier.

Von draußen war mattes Hundegebell zu hören, und Friedel warf einen eher neugierigen als alarmierten Blick durch das Fenster. Ich überließ mich dem beruhigenden Gefühl, ein Teil von Friedel Wolgasts Welt zu sein, in der jedes Ding seinen Platz und jedes Tun seinen Grundsatz hatte, und fragte mich, ob ich vielleicht zufrieden sein könnte mit einem Leben unter den Dorffrauen, mit dem täglichen Gerede über die Kinder und Enkel, die Obrigkeit und die Nachbarn, über das Wetter, die Stare, die Maulwürfe, darüber, wer sich letzten Sonnabend wieder totgefahren hat an einem Chausseebaum und wer sich aufgehängt hat im Nachbardorf und wer heiratet und wer sich scheiden läßt. Ich wußte, daß ich nicht zufrieden sein würde, verstand aber nicht, warum. Vermutlich bewirkte der Überfall eines Vogelschwarms auf Kirschbäume mehr als die Rezension einer zweitrangigen literarischen Neuerscheinung, und somit taugte das Verhalten von Staren ebenso zum Gesprächsthema wie eine Feuilletonseite. Und die genaue Beobachtung einer Dorfgemeinschaft ergäbe wahrscheinlich kein minderes Ergebnis als die statistisch aufbereitete Studie eines soziologischen Instituts. Trotzdem würde ich das Gefühl haben, mein Leben zu verfehlen, falls ich mich endgültig in Friedel Wolgasts Überschaubarkeit retten würde.

Ich fragte Friedel noch, wie sie Dahlienwurzeln über den Winter bringt; meine waren im letzten Jahr verschimmelt.

Na einfach inne Kiste und Luft dazwischen, sagte Friedel, trocken musset sein und nich zu kalt.

Ich versprach ihr, am nächsten Wochenende wiederzukommen und ihr, falls es nötig sein sollte, gegen den Unhold beizustehen.

Auf dem Heimweg fuhr ich über Wiesenberg, um zu sehen, ob Karoline Winter inzwischen gekommen war, die sich eigentlich schon für die vorige Woche angesagt hatte. Ihr gehörte seit drei Jahren das alte Verwalterhaus, und seitdem hatte es sich wieder in das stattliche Anwesen verwandelt, das es vor dem Krieg einmal gewesen war. In einem wie von Sonne überfluteten Ockergelb prangte es zwischen den schäbigen grauen Steinbaracken, die von der Genossenschaft in den sechziger Jahren rund um den Platz vor dem Verwalterhaus gebaut worden waren und um deren Abriß Karoline nun kämpfte.

Karoline behauptete, der ehemalige Gutsverwalter sei ein Großonkel oder Urgroßonkel von ihr gewesen und sie hätte das Haus geerbt, was zwar erklärte, warum sie sich ausgerechnet in unserer kargen Gegend angesiedelt hatte, aber nicht, woher sie das Geld für die Renovierung des Hauses hatte. Um in den Besitz eines der vielen verfallenen Herrenhäuser zu kommen, mußte man nicht erben, die bekam man von den Gemeinden geschenkt, wenn man nur versprach, sie wieder aufzubauen. Karoline Winter war eine gebürtige Lübeckerin und lebte seit Anfang der siebziger Jahre in Berlin, früher in Kreuzberg, jetzt in Wilmersdorf. In Berlin trafen wir uns nie, nicht einmal zufällig.

Vor ihrem ockergelben Haus standen außer ihrem eigenen Auto ein silberner Golf mit einer Berliner Nummer und der Kastenwagen einer Elektrofirma. Ich fuhr weiter und nahm mir vor, sie am Abend anzurufen.

Ich hätte nicht sagen können, ob Karoline mir eigentlich sympathisch war, und ich nahm an, daß es ihr mit mir ähnlich erging. Wären wir uns in Berlin begegnet, hätten wir einander wahrscheinlich schnell wieder vergessen. Vor drei Jahren hatte sie mich vor dem Supermarkt angesprochen, während ich meinen Einkauf im Auto verstaute. Sie sei auch Berlinerin und hätte gerade ihr Erbe in Wiesenberg angetreten; ihr Name sei Karoline Winter, und ob ich nicht Lust hätte, auf einen Kaffee in ihrer Ruine vorbeizukommen. Sie hielt mir ihr Gesicht wie zur Begutachtung entgegen, strich sich das Haar aus der Stirn, als wollte sie beweisen, daß sie nichts, auch nicht ihre Stirn, vor mir zu verbergen hatte. Alles an ihr, der indiskrete, einladende Blick, ein fast vertrauliches Lächeln signalisierten eine in dieser Gegend unübliche Offenheit und wurden darum sogar von mir für unangemessen befunden. Auch ohne die Erwähnung ihrer Erbschaft hätte ich gewußt, daß Karoline nicht einfach Berlinerin, sondern West-Berlinerin war. Die Zeit, in der ich Karoline über die Verwandtschafts- und Feindschaftsbeziehungen ihrer Umgebung aufklären mußte, währte nur Wochen. Jeder im Ort schien ihr zu erzählen, was sie wissen wollte, als wäre sie die Instanz, auf die alle gewartet hatten. Karolines Herrschaftsanspruch war von natürlicher und liebenswürdiger Art. Er entsprang weder dem Hochmut noch einem Vorsatz, er war ihr offenbar angeboren oder schon in der Kindheit zugewachsen. Vielleicht lag es ja auch an dem großen Verwalterhaus und der Energie, mit der Karoline ihm zu seinem früheren Glanz verholfen hatte, jedenfalls wurde seine Insassin als Nachfolgerin der alten Herrschaft respektiert, auch wenn kaum ein Einwohner von Wiesenberg sich an die Verwalterfamilie erinnern konnte. Ich war damals enttäuscht, weil die Dorfbewohner sich Karoline so selbstverständlich und ohne jeglichen Widerstand ergaben und alle ihre Eigenarten, die Wortkargheit, das Mißtrauen, die Bedeutung des Gartenzauns, die ich mühsam an ihnen erlernt hatte, Karoline gegenüber nicht nur aufgaben, sondern gar nicht erst bemühten.

Karoline war Malerin. In der ersten Etage des Verwalterhauses hatte sie sich ein großes Atelier eingerichtet, nachdem sie ihren Plan, das Dach zu diesem Zweck auszubauen, nach verlorenem Kampf gegen die Behörde für Denkmalschutz hatte aufgeben müssen.

Mit ihrer Malerei erging es mir ähnlich wie mit Karoline selbst; ich wußte nicht genau, ob sie mir gefiel. Irgend etwas an den Bildern in mittlerem oder kleinem Format, die oft eine Frau am Fenster zeigten, war mir verdächtig. Sie waren fotografisch genau, aber wie hinter einem Schleier von unregelmäßiger Dichte, so daß die Details in ebenso unregelmäßiger Schärfe erschienen wie eine Wolke im Wind, deren Form sich auflöst im Augenblick ihrer Wahrnehmung. Eine kühle Melancholie ging von den Bildern aus; ein brechendes Auge versieht sich die Welt im letzten Blick mit nebelhafter Schönheit, so oder so ähnlich. Früher, sagte Karoline, hätte sie abstrakt gemalt, große Formate in expressiven Farben, eine Junge Wilde sei sie gewesen. Mit zunehmendem Alter hätte sich ihr Aufruhr aber in Trauer verwandelt, ich glaube, daß sie stille Trauer gesagt hat, in stille Trauer hätte sich ihr Aufruhr verwandelt. Ihre New Yorker Galeristin liebe ihre Bilder, die letzte Ausstellung hätte sie zweimal verkaufen können, und das Museum of Modern Art hätte auch schon Interesse bekundet.

Manchmal befiel mich der Verdacht, daß ich Karoline beneidete und daß ich, weil ich Neid für eine niedrige Empfindung hielt, ihn vor mir selbst tarnte als Argwohn gegenüber Karolines welterfahrener Selbstgewißheit, ihrem immer eiligen und zielgerichteten Gang, selbst wenn sie nur durch ihren Garten lief, ihrer akzentuierten dialektfreien Sprache, ihrem ungenierten Lachen, das ihr nie zum Kichern geriet. Nach jedem Besuch in Karolines Verwalterhaus kam mir mein eigenes Haus vor wie eine Hütte, ein Zelt, ein armseliges Provisorium, das den Namen Haus nicht verdiente. Ich fühlte mich selbst armselig und provisorisch, ein mißlungener Prototyp vom Menschen, dem Karolines Eleganz versagt war wie ihr Erfolg, der wirklich ein Erfolg in der Welt war, anerkannt vom

Museum of Modern Art, während meine Erfolge höchstens vor mir selbst als solche gelten konnten; der Erfolg, einen Vertrag erjagt zu haben für eine Biografie, die mich nicht mehr interessierte; oder der Erfolg, das Türschloß nach zwei Jahren endlich reparieren zu lassen. Wer weiß, ob ich, hätte ich die Wahl gehabt, ein Leben wie Karolines, ein weniger bescheidenes, irgendwie größeres Leben als meines, nicht bevorzugt hätte; ein Verwalterhaus eben statt einer Umsiedlerkate. Aber ich hatte nicht die Wahl und werde darum niemals wissen, wie ich mich entschieden hätte.

Wenn der trübe Grund meines stolzen Vorbehalts Karoline gegenüber aber wirklich Neid war, dann wäre es ehrenhafter, ihn zu bekennen, statt sich an Karolines Unvollkommenheiten zu erbauen. Im freien Eingeständnis des Neids ließe sich vielleicht sogar die Erlösung finden. Andererseits war ich aber nicht sicher, daß mein Mißtrauen wirklich nur dem Neid entsprang und nicht einem ehrlichen Befremden, das jedem Menschen zusteht, der sich Vorstellungen vom Leben gemacht hat. Es war schließlich auch möglich, daß ich, gerade weil Karoline mir gefiel, weil ich sie sogar bewunderte, gewiß sein wollte, daß ihr Glanz nicht nur Talmi war. Solange ich aber nicht genau wußte, ob ich mir niedrige Gefühle vorzuwerfen hatte, war ein Verdacht gegen mich ebenso unsinnig und ungerecht wie der gegen Karoline.

Am Nachmittag bügelte ich zwei große Tischdecken, las den Nord-Kurier, der die Autodiebstähle der vorletzten Nacht vermerkte, darunter vier in unserer nahen Umgebung, und schrieb eine Karte an Elli:

Liebe Elli, am Rande einer Reflexion über Neid tauchtest heute im äußeren Kreis meiner Gedanken Du auf als der wahrscheinlich neidloseste Mensch, den ich kenne. Du bist so unfähig, eine andere zu sein als Du selbst, daß Dir der Wunsch, ein anderes Leben zu führen als Dein eigenes, so fern liegen muß wie einem Pinguin ein Ausflug in die Sahara. Stimmt das?

Deine Johanna

Am Abend rief ich Karoline an. Ich müsse sofort kommen, sagte sie, der Fisch sei in zehn Minuten fertig, Aal mit Salbei gebraten, der Igor sei auch da und freue sich, mich kennenzulernen. Der letzte Satz kam einer Verfügung gleich. Igor, der bis zu dieser Minute vermutlich von meiner Existenz so wenig wußte wie ich von seiner, hatte sich zu freuen, mich kennenzulernen, wie ich mich zu freuen hatte, Igor kennenzulernen, weil Karoline gern Bekanntschaften stiftete, wogegen eigentlich nichts zu sagen war.

Igor öffnete mir die Tür. Er sah aus wie Majakowski, nicht ganz so groß, vielleicht aber doch so groß und nur durch die allgemeine Akzeleration des Effekts beraubt. Sein breiter und runder Schädel war kahlgeschoren. Er trug ein weißes Hemd, darüber eine Weste, als wüßte er, daß wir alle dieses Foto von Majakowski kennen, das ihn in weißem Hemd mit Weste und kahlgeschoren zeigt. Igor betrieb eine Galerie für moderne russische Malerei in Berlin und plante, in Moskau eine Galerie für moderne westeuropäische Kunst zu eröffnen. Als Sohn eines Diplomaten hatte er einen Teil seiner Kindheit in Deutschland verbracht. Im idyllischen Bonn am Rhein, sagte Igor, in der deutschesten aller deutschen Landschaften, so daß er selbst ein bißchen deutsch geworden sei.

Glaub ihm nicht, rief Karoline aus der Küche, er ist ein Russe bis in die letzte Pore, ein arroganter wunderbarer Russe, der alle Deutschen verachtet.

Nur die Männer, sagte Igor, die Frauen bewundere ich.

Karoline brachte den Aal, dekorativ angerichtet

auf einer fischförmigen Schale, die am einen Ende in einen ausgeformten und bemalten Zanderkopf mündete, am anderen in eine graziös gespreizte Schwanzflosse. Alles paßte, der Fischteller, die Tischdecke mit einem leuchtenden Herbstmuster auf weißem Grund, Igors weißes Hemd und Karolines hasenfarbener Wollanzug, dem man ansah, daß er viel getragen war, der seine Exklusivität aber behauptete gegen die wechselnde Mode und das strapazierte Material. Karolines Fundus an alten kostbaren Kleidungsstücken, vor zehn oder fünfzehn Jahren in Rom oder Paris erstanden, verhalf ihrem ländlichen Erscheinungsbild zu einer erlesenen, niemals übertriebenen, weil immer leicht verschlissenen Eleganz, die zudem die dauerhafte Geschmackssicherheit ihrer Trägerin bezeugte.

Die deutschen Männer, sagte Igor, haben keinen Sex-Appeal, darum sind sie entweder Schwächlinge oder potentielle Faschisten.

Ich fragte, was er an den deutschen Frauen bewundere.

Daß sie es mit diesen Männern aushalten, sagte Igor.

Karoline erzählte, sie hätte kürzlich einen Film gesehen über russische Frauen, deren höchstes Ziel es sei, einen deutschen Mann zu heiraten, schöne, gebildete Frauen, die vor allem eins wollten: einen deutschen Mann.

Russische Frauen sind rechthaberisch und geldgierig, sagte Igor, da ist ein deutscher Schwächling die optimale Wahl. Außerdem wissen sie, daß das Erbgut der russischen Männer durch den Suff minderwertig und für die Fortpflanzung nicht mehr geeignet ist. Russische Frauen sind schlau.

Gibt es noch etwas, das Sie außer ihrer Genügsamkeit an den deutschen Frauen bewundern, fragte ich.

Deutsche Frauen sind unglaublich gelehrig, sagte Igor. Innerhalb von zwanzig Jahren haben sie gelernt, sich zu kleiden wie Italienerinnen, zu kochen wie Französinnen, Karriere zu machen wie Amerikanerinnen, und das alles, während die Nachkriegslegende vom deutschen Fräuleinwunder noch immer durch die Welt geisterte.

Frag nicht weiter, sagte Karoline, er ist ein gottverdammter Misanthrop. Hätten wir vielleicht lieber wie unsere Mütter werden sollen mit gestärkter Schürze vor dem gesegneten Leib und mit blondem Knoten im Genick, da, wo den anderen Rassen der Schuß angesetzt wurde.

Igor lachte. Vitello tonnato und Issey Miyake gegen die Judenvernichtung. Die Russen haben wenigstens so viele Menschen umgebracht wie die Deutschen; haben sie deshalb aufgehört, Piroggen zu backen? Aber ich sage ja: gelehrig seid ihr, unglaublich gelehrig. Igor küßte Karoline die Hand. Ich liebe gelehrige Frauen, sagte er.

Igor war wirklich ein arroganter Russe, und mir gefielen arrogante Russen nicht. Aber er hatte recht, und vielleicht war es ja diese Gelehrigkeit, die mir Karoline verdächtig machte, ohne daß ich genau hätte sagen können, was mein Mißtrauen hervorrief.

Auf jeden Fall konnte Igor mit den gelehrigen deutschen Frauen nicht mich gemeint haben. Ich kochte den Aal immer noch in Dillsauce und war, als es möglich gewesen wäre, nicht auf die Idee gekommen, mir ein neues Leben zu erfinden, nicht einmal meine Frisur hatte ich verändert.

Zum Nachtisch gab es Birnen-Tarte. Französisch, sagte Karoline, sie war gekränkt. Später beim Wein, Igor erbat sich Whisky, mieden wir die riskanten Themen. Igor lobte die Großzügigkeit des Verwalteranwesens und Karolines todsicheren Geschmack, worauf diese gestand, das Haus sei viel zu groß für sie allein, aber sie hätte es nun einmal geerbt, und wenigstens das Atelier rechtfertige halbwegs den Aufwand. Mein Haus hingegen, das

Igor sich unbedingt einmal ansehen müsse, hätte die absolut richtige Größe für ein Sommerhaus.

Ich fragte Igor, ob es stimme, daß die Russen in Berlin einen Sklavenmarkt betrieben, auf dem für fünfhundert Mark im Monat Landsleute für jede Art der Tätigkeit und Benutzung verkauft würden. Igor sagte, ihm selbst sei auch schon ein Sklave angeboten worden, aber er hätte keinen gekauft.

Als ich nach Hause fuhr, hatte ich sicher einen Liter Wein getrunken, und in der scharfen S-Kurve, die Teufelskurve genannt wurde, achtete ich darauf, daß mich der Morgenstern nicht aus den Augen verlor. Von einem gewissen Trunkenheitsgrad an hielt ich das für eine sichere Methode, unversehrt mein Ziel zu erreichen. In meiner für ein Sommerhaus idealgroßen Hütte, allein mit einem letzten Glas Wein, dachte ich darüber nach, ob Karoline und Igor wohl in einem Bett schliefen oder getrennt und warum ich Karoline, die nur zwei Jahre jünger war als ich, eine Affäre mit diesem arroganten Russen ohne Zögern zugestand, während ich, hätte mir ein Mann, selbst ein älterer und weniger eindrucksvoller Mann als Igor, sein erotisches Interesse angetragen, wahrscheinlich geglaubt hätte, er sei pervers oder wolle mich verhöhnen. Ich versuchte mich zu erinnern, wann ich zum letzten Mal ein derartiges Interesse an mir wahrgenommen und seit wann ich es aufgegeben hatte, darauf zu achten. Ich wußte es nicht. Nur Christian P. fiel mir ein, danach niemand mehr.

Notizen zu Wilhelmine Enke:

Drei Gründe, warum W. E. dem endgültigen Vergessen entgehen wird:

1. Sie ist die Mutter des Alexander von der Mark, der mit achteinhalb Jahren um die Mittagsstunde des 1. August 1787 plötzlich an einem rätselhaften Gallenfieber starb (was den Verdacht, er sei ermordet worden, niemals hat verstummen lassen) und dem Schadow im Auftrag Friedrich Wilhelms II. jenes herzzerreißende Grabmal geschaffen hat, das fast so schön ist wie Schadows berühmte Prinzessinnen, die als Kopie im neuerbauten Hotel Adlon nun den Weg zu den Toiletten dekorieren. Anmutig hingestreckt, eher schlafend als tot, ein Bein leicht angewinkelt, liegt das schöne Kind auf seinem Grab. W. E. (zu dieser Zeit Frau Ritz) soll, als

sie die Skulptur in Schadows Werkstatt zum erstenmal sah, überwältigt niedergesunken sein und den marmornen Knaben geküßt haben, so lebendig war er ihr erschienen.

2. W. E. war die einzige preußische Mätresse von Rang.

3. Nach dem Tod des Königs wurden auf W. E., inzwischen die Gräfin Lichtenau, so viele, an Wüstheit und Verleumdungen einander übertreffende Schmähschriften verfaßt, daß man ein ganzes Buch damit füllen konnte und die schon lange an Themenmangel leidende Germanistik sich somit ihrer immer wieder einmal annehmen wird.

Zu 2.: Klingt eigentlich den Franzosen das Wort Mätresse so anrüchig wie uns? Das Synonym-Programm von Windows 95 bietet für Mätresse an: Geliebte, Kurtisane, Prostituierte, Dirne; was für eine Sprache, in der Prostituierte als Synonym für Geliebte verstanden werden darf? Was hätte eine intelligente bürgerliche Frau, wenn sie nicht genial und jüdisch war wie Rahel Levin, sich Besseres wünschen können, als eine Mätresse zu werden? Friedrich Wilhelm II. hat seine beiden Ehefrauen verabscheut und nur aus Staatsräson geheiratet. W. E. wurde geliebt und liebte. Die Demütigung, wie Zuchtvieh gedeckt zu werden, um einen Thronfolger zu gebären, traf die Königin, nicht die Mätresse. Trotzdem finde ich in einem Buch über W. E. aus dem Jahr 1988 die Bemerkung, das Konkubinat sei so alt wie die Prostitution. Logisch wäre: das Konkubinat ist so alt wie die Ehe.

Alle Welt kennt die Du Barry und die Pompadour und Lady Hamilton; und wer kennt die Gräfin Lichtenau, obwohl sie von Historienschreibern die »deutsche Pompadour« genannt wurde? Haben wir selbst unsere bemerkenswerteste Mätresse so gering geachtet, daß sie eher als Schandfleck auf der Uniform der Hohenzollern erscheint denn als eine zivile und strahlende Kostbarkeit?

Nachdem ich drei Wochen lang nicht nur jede geistige Anstrengung, sondern auch gedankliche Zielgerichtetheit vermieden hatte, drängte es mich noch immer nicht, meinen haustierähnlichen und gänzlich unnützen Zustand zu beenden. Meine anfängliche Hoffnung, etwas in mir würde sich, wenn ich nur lange genug im Stumpfsinn verharrte, auch ohne disziplinierende Vorsätze wehren, erfüllte sich nicht. Im Gegenteil: je länger der Zustand andauerte, umso wohler fühlte ich mich in ihm.

Die meiste Zeit verbrachte ich im Garten. Ich hatte die Bäume und Sträucher von totem Gehölz befreien wollen und dabei eine Leidenschaft entwickelt, die mich, mit Astschere und Säge bewehrt, immer wieder in den Garten trieb, um nach Ästen und Zweigen zu suchen, die ich übersehen hatte, als wüchse das trockene Gestrüpp über Nacht nach. Als totes Holz sich kaum noch finden ließ, schnitt und sägte ich ab, was mir zu lang, zu schräg oder sonstwie mißraten schien. Ich konnte einfach nicht aufhören. Und obwohl mir bewußt war, daß ich vom Baumschnitt nichts verstand und mein gärtnerischer Furor sich im nächsten Frühjahr als verheerend erweisen konnte, wuchs meine Zufriedenheit, je überschaubarer das Geäst der Bäume wurde.

Ich weiß nicht, ob ich mich gefreut habe, als Achim sich zum Wochenende ankündigte. Es war mir peinlich, daß ich außer den zugerichteten Bäumen und den dürftigen Notizen zu meiner Lektüre nichts vorzuweisen hatte, was meine Abwesenheit in Berlin rechtfertigte. Andererseits glaubte ich nicht, daß Achim mich vermißte. Vielleicht war er sogar erleichtert, weil ich ihm nicht im Rücken stehen und darauf warten konnte, daß er mich ansah.

Achim brachte zwei Stangen von meiner Zigarettensorte mit, die es auch im weiteren Umkreis von Basekow nicht zu kaufen gab, und ich dachte, daß er nicht mit meiner schnellen Rückkehr rechnete. Am Nachmittag fuhren wir mit den Rädern in den Wald. Ich fuhr hinter Achim und sah wieder nur seinen Rücken. Wir sammelten einen ganzen Korb voll Pilze, die ich später putzte, während Achim mit dem Pilzbuch daneben saß und die zweifelhaften Exemplare bestimmte.

Du häufst das Herrschaftswissen an, und ich mach die Arbeit, sagte ich.

Seit zwanzig Jahren saß Achim mit den Pilzbüchern neben mir, verglich die Originale mit ihren gezeichneten oder fotografierten Abbildern und prägte sich Verwendungsmöglichkeiten, Doppelgänger und Standorte all der Wulstlinge, Schmierlinge und Schnecklinge ein, während ich die Pilze putzte. Ich erinnere mich nicht, daß es mich bis zu diesem Tag je gestört hätte. Ich sah Achim, über das Buch gebeugt, wie das Licht durch sein schütteres Haar auf die rosige Kopfhaut fiel, und ich sah mich in der dunkelblauen Tischlerschürze, mit dem Küchenmesser in den schwarzschmierigen Händen und mit der Brille, damit ich die Wurmgänge erkennen konnte, und dachte, daß wir ein gewöhnliches ältliches und trauriges Ehepaar geworden waren und daß ich nicht wußte, seit wann das so war. Früher, als ich noch Biografien schrieb, um Botschaften in ihnen zu verstecken, und Achim die Erforschung des Kleistschen Werkes wie eine Barrikade vor sich errichtet hatte, hinter der er sein heimliches Gelehrtenleben führen konnte, früher, glaubte ich, haben wir anders ausgesehen, obwohl Achim auch damals mit dem Pilzbuch neben mir gesessen hat, während ich die Pilze putzte. Damals habe ich auch auf Achims Rücken weniger gereizt reagiert, und nachträglich kam es mir vor, als hätte dieser Rücken damals anders ausgesehen, straffer und zugleich weniger abweisend. Aber wahrscheinlich bildete ich mir das nur ein, und nicht Achims Rücken hatte sich verändert, sondern mein Blick auf ihn, weil ich damals verstanden habe, daß Achim hinter der Kleist-Barrikade nicht nur für seinen Ehrgeiz kämpfte, sondern um seine Unabhängigkeit, so wie ich, wenn ich meine Botschaften versandte. Allein die Behauptung, daß für ihn nichts auf der Welt wichtiger sei, als daß Kleist den »Prinz von Homburg« im Herbst und nicht im Sommer beendet hat, war ein Akt des Widerstands und gab ihm das Gefühl geistiger Unabhängigkeit. Und dann, über Nacht, als unser Nachbar in Basekow sich doch noch Pferde anschaffte, Achims Zimmernachbar im Institut Minister wurde, mein Schallplattenverlag einging und Achims Institut geschlossen wurde, verwandelte sich die Kleist-Barrikade in ein Sprungbrett, auf dem Achim unsicher wippte und mit den Armen schlug wie ein Vogel, der vergessen hat, wie er fliegen kann. Achim und seine Arbeit wurden von einem anderen Institut als ein Projekt übernommen; seitdem sprach auch Achim nicht mehr von Kleist, sondern von seinem Projekt. Früher mußte er wegen Kleist telefonieren oder zu einer Besprechung fahren oder konnte wegen Kleist nicht mitkommen nach Basekow, jetzt tat oder unterließ er alles wegen des Projekts. Bis dahin hatte ich geglaubt, es ginge Achim, wie mir, weniger um das Ergebnis der Arbeit als um das unbeirrte Verharren in einem selbstgewählten Koordinatensystem, um die Anbetung einer eigenen Gottheit. Denn daß es wirklich belangvoll sein könnte, ob Kleist den »Prinz von Homburg« im Sommer oder im Herbst vollendet hat, konnte ich mir nicht vorstellen. Jetzt aber mußte Achim seine Unentbehrlichkeit beweisen, was ihm angesichts der vielen Kleist-Forscher, von denen er sich plötzlich umstellt sah, bislang ungeübte Eigenschaften abverlangte, während seine erprobteste, bis zur Erschöpfung trainierte Tugend, der stille Widerstand, jeglichen Wert für ihn verloren hatte. Achim entwickelte, was er selbst zwei oder drei Jahre zuvor noch verächtlich »institutionellen Ehrgeiz« genannt hatte. Er kämpfte um seine Ernennung zum Projektleiter und war gekränkt, als man ihn überging und statt dessen einen Professor aus Hamburg einsetzte. Seitdem hatte ich den Eindruck, Achim arbeite nicht mehr für Kleist, nicht einmal mehr für das Projekt, sondern vor allem, weil er beweisen wollte, daß die Entscheidung für den Professor aus Hamburg nur ein der Unkenntnis seiner, Achims, Fähigkeiten entsprungener Irrtum gewesen war. Ich hatte nie für möglich gehalten, daß Achim ein Projektleiter oder überhaupt ein Leiter von etwas oder jemandem werden wollte, und verstand nur langsam, was es mit seiner Veränderung auf sich hatte und daß ich in all den Jahren etwas Wichtiges über Achim nicht gewußt habe. Achim war nicht der introvertierte Einzelgänger, als der er mir und aller Welt gegolten hatte, bis sein Institut geschlossen wurde, jedenfalls war er nicht nur der. Vielleicht hat er das ja selbst nicht gewußt und geglaubt, daß er sich unter allen Umständen dem Wettkampf um einen respektablen Platz in der Hierarchie entzogen hätte. Vielleicht hat er das sogar glauben müssen, um in dem aufgezwungenen Verzicht eine letztlich glückliche Fügung nahe der Freiwilligkeit erkennen zu können. Eigentlich hatte sich nichts verändert, Achims Rücken, das Pilzbuch, alles war wie immer, aber es gefiel mir nicht mehr.

Wir verbrachten den Tag ohne besondere Freude über unser Wiedersehen, nicht freudlos, aber als wären wir nicht wochenlang getrennt gewesen oder als hätten wir die Trennung gar nicht bemerkt, weil ihre Zeit so kurz war im Vergleich zu den Jahrzehnten, die wir schon miteinander lebten, so daß wir die Nähe des anderen auch dann mitdachten, wenn wir allein waren, und doch in jedem Augenblick genau wußten, was der andere, wäre er anwesend, tun und sagen würde. Achim saß am Schreibtisch in der oberen Etage und bot eben das Bild, das ich vor Augen hatte, wenn ich mir Achim in Basekow vorstellte, ein Buch vor sich, den Stift in der Hand, den Kopf in die Hand gestützt oder eine Zigarette zwischen den Fingern, ab und zu den unbewegten Blick durch das Fenster richtend, nachdenklich oder abwesend. Hätte ich ihn gefragt, was er gerade las, hätte er mir vermutlich einen Aufsatz oder ein Kapitel des Buches referiert, aber ich fragte nicht, weil mich die Kapillargefäße der Kleistforschung schon lange nicht mehr interessierten.

Und Achim langweilten ziellose Gespräche, wie ich sie mit Elli führte, die tröpfelnd begannen mit einem kleinen Seufzer, dem ein verhaltener Fluch auf dies oder das folgte, dann eine Allerweltsfrage: warum muß das so sein? oder eine unernste Verdammung: alles ist schrecklich, ehe die ersten Sätze sich zu einem Rinnsal vereinten, das sich langsam seinen Weg bahnte, zwischendurch versickernd und als Bach wieder aufsprudelnd, der allmählich anschwoll zu einem Strom von gewichtiger Breite, in abschüssige Kurven rauschte und sich in der Ebene wieder beruhigte, in kleinen Wellen die Ufer anspülte, sich hier und da staute und weiterfloß, bis er, wenn Elli und ich müde und ein bißchen trunken waren, in das Meer aller bisher geführten Gespräche und tausendmal gestellten Fragen mündete.

Früher, in unserer ersten Wohnung, einer baupolizeilich gesperrten Mansarde mit Außenklo, als Laura noch nicht geboren war, hatten Achim und ich, wenn wir aus dem Kino oder von einer Feier kamen, noch stundenlang miteinander geredet, als würde alles Erlebte erst wirklich, wenn wir es einander erzählten. Wir tranken billigen Rotwein, Achim schnitt Käse in kleine Würfel, und wenn die Dächer ringsum sich allmählich aus dem Morgengrau abhoben, wurde unsere schwammbefallene Mansarde zur Filmkulisse und der Himmel über uns zum Himmel über Paris oder Rom oder wovon wir eben gerade träumten.

Aber vielleicht trog die Erinnerung und gar nicht wir haben geredet, sondern ich, nur ich, und

Achim hörte zu, weil er verliebt war und mich nicht enttäuschen wollte. Vielleicht hat er meine Redesucht schon damals nur ertragen und dabei insgeheim gehofft, sie würde, wenn ich mein ganzes Vorleben erst einmal erzählt hätte, mit der Zeit nachlassen. Aber sie ließ nicht nach; ich führte ein Doppelleben, ein wirkliches und ein erzähltes, wobei sich das eine vom anderen kaum unterschied, nur verstand ich, was ich erlebt hatte, erst, indem ich es erzählte oder mir vorstellte, was geschehen wäre, hätte ich die jeweils andere Entscheidung getroffen oder wäre ich nicht Achim, sondern einem anderen Mann begegnet oder in einer anderen Stadt geboren oder auf dem Land; und ob ich dann die gleiche Person geworden wäre oder eine andere, in die Achim sich gar nicht hätte verlieben können. Achim fand solche Gespräche sinnlos, wahrscheinlich waren sie ihm sogar peinlich. Wenn ich sagte: rede doch mal mit mir, fragte er: worüber? oder: was willst du wissen? Die sinnlosen Gespräche hatte ich all die Jahre mit anderen geführt, die meisten mit Elli.

Solange Achim hinter seiner Kleist-Barrikade gekämpft hatte, war Kleist für mich das Sinnbild unserer Verschworenheit gewesen. Ich hatte ihm, sooft er es wollte, zugehört, auch wenn mich die neuesten Details der Kleistforschung nicht interessierten, was auch unwichtig war, weil ich mich ohnehin nur für Achims Interesse an Kleist interessiert hatte. Aber jetzt war Kleist ein Projekt, und ein Projekt taugte nicht zum Sinnbild, jedenfalls nicht für mich. Ich war entlassen aus dem Kleist-Projekt.

Achim hatte bis zum Sonntag abend bleiben wollen, sagte aber gegen Mittag, er müsse doch schon früher fahren, bald, gleich. Ich möge ihn bei Karoline entschuldigen, mit der wir für den Nachmittag verabredet waren, und auch bei Igor, den er nun leider nicht kennenlernen könne, aber er sei unruhig wegen eines dringenden Antrags, den er bis morgen schreiben müsse.

Ich packte ihm die übrigen Pilze ein und winkte ihm nach, bis er hinter der Kurve verschwunden war. Ich rief Karoline an und sagte, ich befände mich gerade in einer selten glücklichen Schreibphase, die ich keinesfalls unterbrechen wolle. Dann legte ich mich ins Bett und schlief bis zum Abend.

In der Woche darauf kam ein Brief von Christian P.

Liebe Johanna,

eben ist Dein Brief gekommen, über einen Umweg, darum etwas verspätet, was auch meine späte Antwort erklärt, denn ich hätte Dir, wie auch jetzt, in jedem Fall auf der Stelle geantwortet. Ich bin sehr froh, von Dir, von Euch zu hören, und der Gedanke, daß unsere Freundschaft durch Eure Reisefreiheit zu ersetzen war, also tatsächlich nur ein Ersatz, hat mich betrübt, weil ich von mir ganz sicher weiß, daß ich auch gern Euer Freund geworden wäre, hättet Ihr in München, Frankfurt oder Lüneburg gelebt. Und jetzt, da Dein Brief vor mir liegt und ich denke, daß ich den Absatz über die öde Restzeit, die uns nur noch zum skandalösen Kostenfaktor für die Krankenkassen werden läßt, auch selbst hätte schreiben können, sicher nicht mit Deinem diktaturerprobten Ingrimm, dafür vielleicht mit der dekadenten Melancholie eines alternden Mannes, dem die Gegenwart schon als eine Zukunft erscheint, die ihn hinter sich gelassen hat und der er nur noch mit müder Hand aus seiner Bildungshöhle nachwinkt, jetzt, da ich Deinen Brief noch einmal lese, erinnere ich mich ganz genau an die unerwartete Nähe, die ich bei unserer ersten Begegnung empfunden habe. Ist es dreizehn Jahre her oder vierzehn? Du hattest eine Suppe gekocht, eine polnische Gurkensuppe, aus Dillgurken, Rindfleisch und saurer Sahne und hast Dich wortreich dafür entschuldigt, weil Du meintest, das sei ein zu ungewöhnlicher Geschmack für jemanden, der seinen Urlaub vermutlich in der Toskana verbringt. Dabei fand ich die Suppe durchaus genießbar. Später kamen noch andere Leute, die Du nicht eingeladen, aber anscheinend doch erwartet hattest. Wann immer der nächste Gast in der Runde Platz genommen hatte, ranntest Du mit Suppentopf und Schöpfkelle herum wie eine aufgeregte Kellnerin. Du kamst mir damals sehr jung vor, obwohl wir ja fast gleichaltrig sind. Und jetzt kennst Du auch schon das Gefühl, zu früh aus der Welt gefallen zu sein. Ich kenne es auch, obwohl ich, im Gegensatz zu Euch, mein Leben in staatsbürgerschaftlicher Kontinuität verbracht habe und auf Grund meiner angeborenen Neigung zum Konservativen nicht einmal Abschied von utopischen Träumereien nehmen mußte. Aber schon morgens beim Zeitunglesen empfinde ich deutlich, daß die Zeitung nicht mehr für meinesgleichen geschrieben wird, und manchmal denke ich wirklich: laß sie doch ziehen, die Welt; und wenn den Menschen in hundert Jahren das Wasser ausgeht, werden sie sich wohl etwas einfallen lassen müssen. Keine Generation, auch unsere nicht, wurde gefragt, ob ihr der Zustand, in dem sie den Laden übernehmen mußte, gefällt oder nicht. Und dann erschrecke ich, weil mir klar wird, daß ich, statistisch gesehen, in solcher Lethargie noch zwanzig, vielleicht sogar dreißig Jahre verbringen kann und dabei zu einem bösartigen Greis verkomme, und nehme mir vor, ein gütiger und weiser Großvater zu werden. Unsere Jule, die Du ja kennst, hat nämlich vor zwei Jahren ein entzückendes Mädchen zur Welt gebracht, das ich leider viel zu selten sehe, weil, was Du nicht weißt, Kathrin und ich uns vor einiger Zeit getrennt haben (darum auch der Umweg Deines Briefes, der an die alte Adresse ging) und das Enkelkind natürlich öfter bei der Großmutter ist als bei mir. Ach, Johanna, es gäbe viel zu erzählen, zu viel für einen Brief nach so langer Zeit. Vielleicht noch das: mein Verlag, in dem ich seit fast zwanzig Jahren arbeite, wurde verkauft und umstrukturiert, Du ahnst, was das bedeutet. Die traditionellen Geisteswissenschaften, bisher der Mittelpunkt unseres Programms, sind zum Appendix geschrumpft und werden durch medienwissenschaftliche und bioethische Reihen ersetzt. In den Augen meiner neuen jungen Kollegen glaube ich täglich ihre Ungeduld ob meiner erstaunlichen Anwesenheit zu erkennen. Unser Ressort, zu dem außer mir nur noch eine Sekretärin gehört, wurde unters Dach verbannt, wo wir unserer altmodischen Passion nachgehen dürfen, ungestört und ohne zu stören.

Du hast das Gefühl, daß Du nichts kannst, was diese Welt noch braucht, steht in Deinem Brief. Glaub mir, ich verstehe Dich gut. Ich hätte große Lust, Dich und Achim wiederzusehen. Dann könnten wir vielleicht auch herausfinden, warum wir uns so lange nicht gesehen haben. Ich ahne auch etwas, weiß es aber auch nicht genau. Sei herzlich umarmt von Deinem Freund Christian, der sich an unseren einzigen Kuß so gut erinnert wie Du, wenn Du auch nicht die letzte Frau warst, die er außer seiner Ehefrau geküßt hat.

Seit ich von meinem einsamen Ozeandampfer in der ersten Etage des Hauses die Flaschenpost an Christian P. in die Nacht geworfen hatte, bereitete ich mich auf die möglichen Enttäuschungen vor, denen ich nun ausgesetzt war. Christian P. hätte gar nicht antworten können oder höflich und desinteressiert; er hätte enttäuscht sein können von uns, nachdem uns nicht mehr der Reiz unseres fremdartigen Daseins verschleierte. Aber eigentlich hoffte ich, Christian P. könnte die Rolle wieder übernehmen, die er damals bei seinen Besuchen für uns gespielt hatte, als ich mich bemüht hatte, seine freie und liebenswürdige Erscheinung nachzuahmen, in der Hoffnung, sie durch das eigene Beispiel unter Verkäuferinnen, Handwerkern, Kellnern, Lauras Lehrern und anderen Personen, die mir den Alltag verekelten, epidemisch zu verbreiten, aber jedesmal nach drei Tagen erschöpft wieder aufgegeben hatte.

Auf den Brief, der nun vor mir lag, war ich nicht gefaßt. Alle Möglichkeiten, die ich bedacht hatte, setzten einen überlegenen Christian P. voraus, nicht einen, dessen Trübsinn dem meinen glich, als nivellierten die Gesetze des Alterns alle Unterschiede des Geschlechts, der Herkunft und des Charakters. Mich verwirrten die Wärme und die Nähe des Briefes. Dem Mann, der mir jetzt antwortete, hatte ich nicht geschrieben. Ich sah ihn vor mir, die aufgestellten Haarsträhnen, den Trenchcoat über der Schulter, die Blumen in der Hand; aber der Brief verwischte die Konturen des Gesichts.

In der linken oberen Ecke des Briefbogens stand außer der neuen Adresse auch eine Telefonnummer. Für Sekunden war ich versucht, Christian P. einfach anzurufen, und scheiterte schon an den unvermeidbaren Begrüßungsritualen. Hallo, Christian, hier ist Johanna. Er würde meinen Namen wiederholen, Johanna, würde er mehr rufen als sagen und dabei die Vokale dehnen, um seine Freude oder Überraschung kundzutun, Johanna, wie schön, dich zu hören, und ich würde sagen: ich habe deinen Brief bekommen. Und er: ach ja, ist mir wohl ein bißchen sentimental geraten; oder: ich habe mich über deinen Brief so wahnsinnig gefreut; oder einfach nur: ja? Und alles wäre vorbei. Ich wußte nicht genau, was vorbei sein würde, aber indem ich dachte, daß es vorbei sein würde, dachte ich auch, daß es etwas gab, das vorbei sein könnte, etwas nicht Benennbares, bisher nur erkennbar als meine Unfähigkeit, eine Telefonnummer zu wählen und zu einem alten Freund zu sagen: hallo, Christian.

Noch am selben Abend versuchte ich, Christian P. zu antworten.

Lieber Christian,

weißt Du eigentlich, daß wir Dich immer Christian P. genannt haben, im Unterschied zu einem anderen Christian, den wir kannten. Es ist nicht wichtig, und ich schreibe es nur, weil ich Dich auch jetzt, wenn ich an Dich denke, Christian P. nenne, obwohl der andere Christian längst aus unserem Leben verschwunden ist.

Du wohnst also nicht mehr in dem schönen Haus, das ich kenne, und so weiß ich wieder weniger über Dich als Du über mich, wie damals, ehe wir Euch besuchen konnten. In dem Haus haben wir uns auch zum letzten Mal gesehen. Wir ahnen beide, warum, aber vielleicht ahnen wir etwas Verschiedenes. Ich habe lange nicht an diesen Abend denken wollen. Wie Angestellte, die zum ersten Mal bei ihrem Chef eingeladen sind, saßen wir an dem kostbar gedeckten Tisch mit englischem Porzellan (als Ihr beide in der Küche wart, habe ich einen Teller umgedreht) und silbernem Gerät. Und Kathrin war so elegant, daß ich mich bis heute an ihre Jacke erinnern kann, lang und schwarzbraun mit schwarzen Spiegeln am Kragen und glockig fallenden Schößen. Es gab Lammkarree und kleine, in Speck gewickelte grüne Bohnen. Ich genierte mich nachträglich für jede Suppe, die ich Dir, ein Küchenbrett unter dem Teller, auf die Knie gestellt habe, weil wir bis heute nur in der Küche einen Eßtisch haben. Ich weiß nicht mehr, wie ich mir Dein Leben bis dahin vorgestellt hatte, bestimmt aber dem unseren ähnlicher. Ganz gewiß hatte ich Dich nicht in einem gediegenen bürgerlichen Haushalt angesiedelt, der mir damals sehr reich vorkam. Ich fühlte mich sogar von Dir getäuscht, weil Du uns, so schien es mir jedenfalls, das Gefühl gegeben hattest, Du lebtest in ähnlich improvisierten Verhältnissen wie wir. Ich saß an Eurem Tisch und schämte mich für unsere Möbel, unser Porzellan, unsere Gläser, für die Gurkensuppe auch.

Hier brach ich den Brief ab. Wie sollte ich Christian P. eine Gefühlsverwirrung erklären, die mir inzwischen kaum noch zugänglich war, als hätte nicht ich, sondern eine andere, mir nahe, aber eben nicht identische Person sie erlebt. Ich wußte nicht einmal, ob ich mich damals wirklich geschämt habe oder ob ich nicht eher wütend oder gekränkt war, weil ich unser Leben plötzlich mit

Christian P.s prachtgewohnten Augen ansah und für möglich hielt, daß er sich, wenn er uns besuchte, einem ähnlich dumpfen Wohlbefinden und einer koketten Sehnsucht nach dem einfachen Leben hingegeben hatte wie ich in Friedel Wolgasts Küche.

Daß wir uns seitdem nicht mehr gesehen haben, lag an uns, an mir und Achim, der lange Christian P.s Bücherregale inspiziert und dann mit einem verletzten Lächeln gesagt hatte: Ja, da fehlen mir zwanzig Jahre.

Ich schrieb noch einen Dank für die Gastfreundschaft nach München, und als Christian P. sich wieder für einen Besuch in Berlin ankündigte, entschieden wir, auf das geplante Wochenende in Basekow seinetwegen nicht zu verzichten.

Es dauerte einige Zeit, ehe ich lernte, die Zeichen der Welt, der wir nun angehörten, zu deuten, die Rituale der Einladungen, die Signale der Kleidung, der Sprache, der Bilder an den heimischen Wänden. Irgendwann begann ich zu ahnen, daß Christian P., als er uns glauben ließ, er lebe ähnlich wie wir, weniger an sein Porzellan gedacht hatte als an seine Bücher, an seine Freunde, an seine Vorlieben und Abneigungen und daß wir, Achim und ich, die Idioten waren, die plötzlich, weil die Welt sich verändert hatte, ihren eigenen Maßstäben nicht mehr trauten, daß wir, weil uns ein ungewohnter Wohlstand erschreckt hatte, seinen Besitzer verdächtigten, ein anderer zu sein, als wir bis dahin geglaubt hatten. Aber wir hatten schon zu lange geschwiegen, als daß ich es gewagt hätte, ohne eine schwierige und mißverständliche Erklärung den Kontakt wieder zu suchen. Bis zu jener Nacht vor drei Wochen; vielleicht werde ich in ein paar Jahren wissen, warum mir in dieser Nacht ganz leicht fiel, wovor ich so lange zurückgescheut war. Ich weiß immer erst ein paar Jahre später, warum ich etwas getan oder unterlassen habe. Während ich es tue oder unterlasse, habe ich Gründe, an die ich fest glaube, durch die sich aber mit den Jahren oft andere, elementare, weniger schmeichelhafte Gründe drängen, sozusagen das Skelett der Gründe unter der anmutigen fleischlichen Hülle. Das weiß ich inzwischen, und manchmal gelingt es mir schon, die Jahre abzuwarten und meine Entscheidungen bis dahin grundlos hinzunehmen.

Den Brief an Christian P. verschob ich auf einen späteren Tag.

Notizen zu Wilhelmine Enke:

Am 16. November 1797 starb Friedrich Wilhelm II.; noch am selben Tag wird die W. E. arretiert, ihre Güter konfisziert, die Korrespondenz beschlagnahmt. Eine durch Friedrich Wilhelm III. eingesetzte Kommission kann weder den Vorwurf des Landesverrats noch den der unrechtmäßigen Bereicherung bestätigen. Trotzdem wird W. E. in die Festung Glogau verbannt. Da die Kommission, die sich mit ihrem Bericht nach Haase-Faulenorth (S. 233) ein »Denkmal der Gerechtigkeit, Unvoreingenommenheit und ihres Mutes« geschaffen hat, ein »Ehrenmal preußischen Richtertums«, zu eidlichem Schweigen verpflichtet wurde, wird das Bild der W. E. vor allem durch die Verfasser der Schmähschriften und Pamphlete überliefert.

Nach drei Jahren bekennt der König, er habe

»die Sache über's Knie gebrochen«, und gibt der W. E. sowohl ihre Freiheit als auch einen großen Teil ihres Vermögens zurück, was an der Lust schreibender Männer und Frauen, der W. E. nachzustellen, nichts ändert.

Beschuldigungen und Verurteilungen werden öffentlich vollzogen, Rehabilitierungen eher beiläufig und darum wirkungslos.

1808, zehn Jahre nach ihrer Verurteilung und ein Jahr nach dem Erscheinen der Schrift »Neue Feuerbrände« des Friedrich von Cölln, ihres verbissensten Widersachers, veröffentlicht W. E. ihre »Apologie der Gräfin Lichtenau gegen die Beschuldigungen mehrerer Schriftsteller« und beginnt mit dem Satz: »Meine Geduld ist erschöpft; ich kann nicht länger schweigen.«

Woher dieser Haß gegen sie? Warum stellt sich nicht einmal Überdruß an ihrer Schlechtigkeit ein? Warum siegen die Gerüchte über jede, auch respektable Fürsprache? Nur weil sie über den eigenen Stand erhoben wurde von der Wilhelmine Enke zur Gräfin Lichtenau? also von den einen beneidet, von den anderen verachtet?

Oder weil sie, als sie längst nicht mehr die Geliebte des Königs war, seine innigste Freundin blieb, und das bis zu seinem Tode? Lag die eigentliche Provokation eben darin, daß diese Geliebte sich sozusagen selbst überlebt hatte, ohne ihren Rang und ihren Einfluß zu verlieren? Eine Frau, die Tochter eines gewöhnlichen Hofmusikers, als nicht zu besiegende Vertraute des Königs, ohne das Bett mit ihm zu teilen. War es das, was so unfaßbar war und zu jedem Verdacht berechtigte?

Diese feige und schamlose Wollust, den zu treten, der schon am Boden liegt. Wie sinnlos erscheinen alle Aufrufe, zum Zwecke der menschheitlichen Veredelung aus der Geschichte zu lernen, angesichts solcher ewigen, scheinbar gottgegebenen menschlichen Veranlagungen.

W. E. schreibt in der »Apologie«:

»Begreift das Publikum, daß es keine Prahlerei ist, wenn ich sage, daß unter tausend Geliebten der Fürsten, welche die Geschichte aufweist, vielleicht nicht eine ist, die sich mit mir vergleichen läßt?

Sie können mich an Reizen des Körpers, an Vorzügen des Geistes bei weitem übertroffen haben: aber ihr Geist war nicht durch den Geliebten selbst gebildet; dieser hatte nicht den Wonnegedanken, darauf als auf sein eigenes Werk zu blicken; nicht den süßen Gedanken, diese oder keine wird mir als Schülerin, als dankbare Freundin treu bleiben bis in den Tod!«

Als Wilhelmine dreizehn Jahre alt war, begegnete sie dem Kronprinzen Friedrich Wilhelm im Hause ihrer Schwester, einer Statistin an der Königlichen Oper und Geliebte, spätere Ehefrau eines Grafen Matuschka. Ein angeblicher Streit zwischen den Schwestern (den W. E. in der »Apologie« allerdings bestreitet) oder die Verheißung, die für den zehn Jahre älteren Prinzen von dem Mädchen ausging, bewog ihn, von nun an für Wilhelmines Bildung zu sorgen. Er engagierte ihr Lehrer, unterrichtete sie auch selbst, ließ sie Sprachen lernen, schickte sie nach Paris und machte sie, als sie sechzehn war, zu seiner Geliebten.

Die W. E. eine Olympia oder Eliza Doolittle ?

Im Dorf erzählte man Geschichten über Friedel Wolgast. Am Fleischstand auf dem Markt hörte ich, Friedel hätte in eine alte Zaunlatte lange Nägel geschlagen und sie dann, nur mit einer dünnen Sandschicht bedeckt, quer über das Rasenstück vor ihrem Zaun gelegt. Am Wochenende sei der Nachbar beim Wenden vor Friedels Haus tatsächlich über die Falle gefahren, hätte sich auch wirklich auf zwei Rädern die Reifen plattgefahren, hätte aber sofort nach der Ursache seines Mißgeschicks geforscht und natürlich Friedel Wolgasts Nagelbrett gefunden, worauf er die Polizei gerufen und Anzeige erstattet hätte. Die Polizei hätte es zunächst abgelehnt, eine Anzeige gegen die unbescholtene Bürgerin Wolgast aufzunehmen, zumal niemand beweisen konnte, daß wirklich Friedel Wolgast die Latte auf der Wiese deponiert hatte, und darum nur eine Anzeige gegen Unbekannt infrage gekommen wäre. Dann aber hätte Friedel angefangen zu zetern und zu schreien, das ganze Unglück über ihre einsame Hilflosigkeit und diesen Dreckskerl von einem Nachbarn sei aus ihr herausgequollen wie Blut aus einem Schlachtvieh. Was sie denn hätte tun sollen mit diesem Kerl, der taub sei für ein nachbarschaftliches Wort, dem offenbar nur beizukommen sei mit handfestem Schaden. Wer nicht hören will, muß fühlen, soll Friedel Wolgast gesagt haben und dann mit ihren Reden vor den Ohren der Polizei ein Geständnis abgelegt haben, das diese gar nicht hatte hören wollen und, wäre der Nachbar nicht in der Nähe gewesen, wahrscheinlich auch überhört hätte. Aber Friedel schrie weiter, wie von einem Bekenntniszwang getrieben; sie, sie allein wollte das Brett vergraben haben, als sei sie sich in ihrem Zorn der Folgen ihrer Worte überhaupt nicht bewußt gewesen, als sei Friedel einfach verrückt geworden. Eine Frau aus dem Hauptdorf erzählte, sie hätte noch am selben Tag vor Friedels Haus das Auto vom Doktor gesehen. Einen Herzanfall solle Friedel gehabt haben, und der Doktor hätte ihr eine Spritze geben müssen.

Mich plagte das Gewissen, weil ich mein Versprechen, Friedel gegen den Unhold beizustehen, nicht gehalten hatte, und ich nahm mir vor, sie spätestens am nächsten Tag zu besuchen. Ihr Furor beunruhigte mich. Friedels starrsinniges Aufbegehren hallte in mir als ein zufrieden grollendes Echo nach. Ihre lächerliche und unsinnige Nagelbrettfalle erfüllte mich mit Genugtuung, obwohl mir Friedels Nachbar gleichgültig war und ich nicht einmal wußte, ob er die geplatzten Reifen verdient hatte. In Friedels Augen jedenfalls hatte er sie verdient, und somit war in ihrer Welt eine Ordnung wiederhergestellt, die der Nachbar mutwillig zerstört hatte; und da Friedel Wolgasts Welt mit ihrer festen Ordnung ein Bestandteil meiner Welt und deren Ordnung war, kämpfte Friedel auch stellvertretend für mich. Vielleicht befriedigte mich auch nur ihr einfacher, sogar primitiver Racheakt, weil ich selbst mir nie erlaubt hätte, einem solchen Verlangen nachzugeben, und darum froh war, auf einem Umweg trotzdem daran teilzuhaben. Oder es war viel allgemeiner: Friedel wehrte sich, und ich hätte mich auch gern gewehrt, nur wußte ich nicht genau, wogegen ich mich wehren oder was ich verteidigen müßte, weil ich auch nicht so genau wie Friedel wußte, was mir abhanden gekommen war.

Ich fragte die Frau, die das Auto des Arztes vor Friedels Haus gesehen hatte, ob es Frau Wolgast wieder besser gehe. Sie hätte sich heute schon wieder im Garten zu schaffen gemacht, sagte die Frau.

Ich bezahlte die fünf Rouladen, die ich für das Wochenende gekauft hatte. Ich hatte Karoline und Igor zum Essen eingeladen, außerdem wollte Elli kommen. Deutsches Schmorfleisch und Elli, das war mein Nagelbrett für Igor.

Am Abend hörte ich Musik. Vor ungefähr einem Jahr hatte ich zufällig, während ich die Betten bezog, aus dem Küchenradio undeutlich und bruchstückhaft etwas gehört, das mir sogar in dieser Unvollständigkeit ganz wunderbar vorkam. Ich setzte mich an den Küchentisch und blieb da fast eine Stunde sitzen, ins Herz getroffen von einer Frauenstimme, die so natürlich klang, als sei nicht die Sprache, sondern der Gesang ihre müheloseste Ausdrucksform und als sei nur eine solche Stimme die vollkommene Verkörperung dieser überirdisch und gleichermaßen irdisch anmutenden Musik, die alles zu wissen schien und selbst ein Geheimnis war, ein glasklares Geheimnis wie aus Wasser und Luft. Noch am selben Tag kaufte ich das erste und zweite der Bookes of songs und hörte zwei Wochen lang keine andere Musik als John Dowland, bis ich bemerkte, daß meine Haut – es kam mir vor, als hörte ich die Lieder nicht weniger mit der Haut als mit den Ohren – sich allmählich wappnete gegen die Töne und undurchlässig wurde, als wollte sie mich schützen vor der andauernden heiligen Aufregung, in die mich die Musik versetzte. Fortan behielt ich John Dowland besonderen Stimmungen vor, und der Abend des Tages, an dem ich mich an Friedel Wolgasts Nagelbrettattentat parasitär beteiligt hatte und mich seitdem fragte, warum ich selbst mich nicht schützte vor Angriffen auf meine Ordnung, diesen Abend hob ich in den Rang eines Dowland-Abends. Ich öffnete eine Flasche Rotwein und schrieb einen Brief an Christian P.

Lieber Christian,

kennst Du John Dowland? Natürlich kennst Du ihn, jeder, den ich frage, hat ihn schon lange gekannt, nur ich nicht, ich kenne ihn erst seit einem Jahr. Jetzt höre ich gerade *Come, heavy sleep* und denke darüber nach, ob mein ganzer Trübsinn nicht daher rührt, daß ich seit einiger Zeit alles, was mir zustößt, vor allem was mir nicht zustößt, als gottgegeben hinnehme, obwohl ich doch an Gott gar nicht glaube, was ich manchmal allerdings bedauere. Ich weiß gar nicht, wie ich das anstellen sollte: an Gott glauben. Statt dessen habe ich mich mit einer Schar Geister umgeben, Tote, die ich in ihrem Leben gekannt habe und die ich jetzt hin und wieder um Schutz und Rat bitte. Ich stelle mir vor, wie sie mich umflattern und umschweben und versuchen, mir Zeichen zu geben, die ich nur richtig verstehen muß. Meine ewig besorgte Tante Ida gehört zu ihnen, aber auch Achims Vater, im Leben ein strenger und ernster Mann, in seiner Geisterexistenz häufig von unbändigem Gelächter geschüttelt, als sei er nun in ein Geheimnis eingeweiht, das tatsächlich der größte Witz der Weltgeschichte ist. Lachst Du? Lach nicht. Wahrscheinlich war es doch ein Fehler, Gott einfach abzuschaffen. Nun hat das Volk kein Opium mehr, aber süchtig ist es noch. Und wie haben wir alle das Wort glauben verhöhnt und den Zweifel gefeiert (oder an ihn geglaubt). Als hätten wir jemals nicht geglaubt, an die Vernunft, an eine bessere Zukunft, an die Revolution, an die Wissenschaft, an uns selbst. Und was ist aus Gottes Sohn am Kreuz geworden? Eine Generation im Fitneßstudio. Den eigenen Körper beten sie an, und Blasphemie bedeutet Körperlästerung, dick sein oder rauchen.

Als wir damals anfingen, an unserem Haus in Basekow zu hämmern, kam unser Nachbar und sagte: Wer erbarmt sich da über dat Haus? Er ist kein gebildeter Mann, aber er hat die Sprache noch mit der Bibel gelernt oder beim Pfarrer und kennt das Wort Erbarmen.

Vor dreißig Jahren hätte ich vermutlich jemanden, der gedacht hätte wie ich heute denke, verachtet. Und nun bin ich selbst eine Alterskonservative. Zeugt das von Starrsinn oder Klugheit? Oder ist es ähnlich wie das, was Elli Alterstreue nennt: nach dreißig Jahren Ehe, weil endlich nichts anderes mehr möglich ist, werden sie einander treu und feiern ihren Triumph, es doch geschafft zu haben. Was nicht mehr zu ändern ist, muß gut gewesen sein. Wollen wir die Welt einfach nur verlassen, wie sie war, als sie uns gehörte? Oder sind wir an unseren eigenen Weltverbesserungsstümpereien klug geworden?

Glaubst Du eigentlich an etwas? Falls ich Dich das schon einmal gefragt haben sollte, habe ich die Antwort vergessen.

Entschuldige, daß ich mich nicht erkundigt habe, warum Ihr getrennt seid und wie Dein Enkelkind heißt und wie es Dir überhaupt geht, so allein, oder lebst Du gar nicht allein? Aber mich interessiert das alles.

Deine Johanna

Am nächsten Morgen weckte mich das Telefon. Es war Sonnabend, und es regnete. Elli sagte, sie käme später, auf keinen Fall vor dem Nachmittag, frühestens gegen vier.

Es gibt Rouladen, sagte ich.

Es geht wirklich nicht früher, sagte Elli.

Ihre Verspätung kam mir gelegen, und eigentlich hatte ich sogar damit gerechnet, weil Elli fast immer zu spät kam. So hatte ich auf jeden Fall genügend Zeit, Friedel Wolgast zu besuchen.

Der Hund bellte, als ich aus dem Auto stieg, und Friedels halbes Gesicht erschien zwischen Gardine und Fensterrahmen, dann öffnete sich die Tür, hinter der Friedel vor dem Regen und unerwünschten Blicken Schutz suchte.

Zieh die Stiebel aus und komm rein, sagte sie.

Es war halb zwölf, auf dem Herd kochte eine Suppe, es roch nach Majoran und Lorbeer, wahrscheinlich Kartoffelsuppe.

So weit ist es nu jekommen, sagte Friedel, anjezeigt bin ich worden wie ein Verbrecher.

Ihre Lider waren geschwollen, und die Tränensäcke hingen trocken wie Fremdkörper über den faltigen Wangen.

Ich konnte an dem Wochenende nicht kommen, sagte ich, Achim war da.

Wär sowieso zu spät jewesen, sagte Friedel.

Ich wußte nicht, ob ihre Ruhe von Medikamenten oder ihrer Erschöpfung herrührte oder ob Friedel nicht insgeheim längst einen Entschluß gefaßt hatte, in den ihre Wut abfloß wie in einen Stausee.

Es wird schon nicht so schlimm werden, sagte ich.

Die Reifen werd ich bezahlen müssen, hat Olaf gesagt, unser Sheriff, der Junge von Karin, weißt schon, die früher im Konsum war und jetzt im Penny-Markt anner Kasse sitzt. Der Dreckskerl wird sich schon die teuersten kaufen, bessere, als er gehabt hat.

Das darf er gar nicht.

Der darf doch allet, siehste doch. Der is doch nicht angezeigt, obwohl er Feuer macht, wann er will, und anderer Leute Blumen einfach umfährt.

Es wäre sinnlos gewesen, Friedel zu erklären, daß der Nachbar nur deshalb nicht angezeigt war, weil sie selbst ihn nicht angezeigt und ihm statt dessen ein Nagelbrett in den Weg gelegt hatte. Für Friedel, wie für die meisten Leute hier, galt die Ungerechtigkeit jedweder Obrigkeit als so naturgegeben wie die Abfolge der Jahreszeiten. Außerdem hätte Friedel die Schande, einen anderen anzuzeigen, nicht weniger gepeinigt als die, selbst angezeigt zu werden.

Ich sagte, daß ich, sollte sie die Reifen wirklich bezahlen müssen, einen davon übernehmen würde.

Quatsch, sagte Friedel, ich hab das Geld. Wir haben gespart, Werner und ich, davon kann er dat haben. Siehste, so steht Werner mir doch noch bei.

Ich beharrte darauf, die Hälfte der Strafe zu übernehmen, verschwieg aber die heimliche und unverdiente Genugtuung, die ich aus Friedels Unglück gezogen hatte. Einen Teller Kartoffelsuppe schlug ich aus, weil Elli käme und ich mit ihr bald essen müsse.

Ist das die kleine Blonde oder die große Stabile?

Nicht die kleine Blonde, sagte ich, weil ich Friedels Beschreibung von Elli nicht wiederholen wollte, obwohl Elli es gar nicht hören konnte. Und laß dich nicht wieder hinreißen, sagte ich zu Friedel, während ich im Vorraum die Gummistiefel anzog, und Friedel sagte, na denn grüß mal deine Freundin.

Nach dem Willen ihrer Mutter, die schon im ersten Nachkriegsjahr von der jüngsten Jungmädelführerin Sachsens zur überzeugten Kommunistin bekehrt worden war, hieß Elli mit vollem Namen Elisaweta Soja Hammerschmied, wobei die Mutter über die Namensgeberin von Elisaweta verschiedene Auskünfte gegeben hatte. Die eine, für zwanzig Jahre einzige Version bezog sich auf eine Heldin der Leningrader Blockade, die zweite, viel später nachgereichte, auf eine Petersburger Fürstin aus einem historischen Roman, an dessen Titel und Verfasser die Mutter sich aber nicht erinnerte. Den zweiten Namen, Soja, hatte sie bei der ermordeten Partisanin Soja Kosmodemjanskaja entlehnt und diese Herkunft auch nicht mehr korrigiert. Als Elli vierzehn war, wollte sie nicht mehr Lilja, schon gar nicht Lisotschka sein, wie ihre Mutter, die von der russischen Sprache einzig die Diminutive beherrschte, sie nannte, auch nicht Lissi, wie sie für ihre Freundinnen hieß; sie entschied sich aus Protest gegen den Sowjetfimmel ihrer Mutter für die deutscheste und derbste Variante, die ihr Name hergab, für Elli, Elli Hammerschmied, wie sie seitdem hieß, abgesehen von einer kurzen Unterbrechung durch eine leichtfertig geschlossene Ehe, die ihr für zwei Jahre den Namen Elli Meier bescherte.

Wir kannten uns seit fast dreißig Jahren, konnten uns aber nicht darüber einigen, wo und wie wir uns zum ersten Mal getroffen und ob wir unsere Sympathie füreinander sofort oder erst allmählich gefaßt hatten. Während Elli behauptete, wir hätten uns bei einem Studentenfasching kennengelernt, und zwar auf der Toilette, wo ich versucht hätte, mir mit Spucke die verschmierte Wimperntusche von den verheulten Augen zu wischen, und Elli mir mit Creme ausgeholfen und sich meines Kummers, der natürlich Liebeskummer war, angenommen hätte, war ich davon überzeugt, daß wir uns zu diesem Zeitpunkt schon kannten, weil wir uns zuvor anläßlich einer Geburtstagsfeier begegnet waren und uns über ein Buch von Christa Wolf, ich glaube, es war der »Geteilte Himmel«, heftig gestritten hatten. Ich muß das Buch damals wohl gemocht haben, während Elli sagte, sie lehne es ab, ein Buch zu lesen, in dem der Satz vorkommt: »Die Klinke war so eiskalt wie ein ganzes einsames Leben.« Es kann aber auch sein, daß ich das Buch nur verteidigt habe, weil ich Elli laut und arrogant fand und sie, ohne sich anzustrengen, im Mittelpunkt des Abends stand, obwohl gar nicht sie Geburtstag hatte.

Elli studierte Biologie, arbeitete danach ein paar Jahre an der Universität, bis sie befand, diese Arbeit reduziere ihr Interesse an den Tieren und Pflanzen auf ein paar Fliegenbeine unter Neonlicht, worauf sie kündigte und fortan für einige Zeitungen aus Flora und Fauna berichtete. Später zog sie außerdem als Vortragsreisende für die *Gesellschaft zur Verbreitung wissenschaftlicher Kenntnisse* durch die Kulturhäuser und Schulen des Landes. Als ihre Mutter starb, erbte sie genug Geld, um bei sparsamer Haushaltsführung vier Jahre davon leben zu können. Vier Jahre waren die Zeit, mit der rechnen mußte, wer das Land endgültig verlassen wollte. Elli stellte den Antrag, aus der Staatsbürgerschaft entlassen zu werden, und durfte von diesem Tag an weder für Zeitungen schreiben, noch Vorträge über die Rolle der Königin bei den verschiedenen Ameisenarten oder die Auswirkungen klassischer

Musik auf das Wachstum von Pflanzen in Schulen und Kulturhäusern halten. Aber sie hatte ja das Geld ihrer Mutter, das diese von ihrem Gehalt als hauptamtliche Funktionärin der Gesellschaft für deutsch-sowjetische Freundschaft gespart hatte, so daß Elli die vier Jahre ohne existentielle Not überstehen konnte. Um das Warten nicht zur einzigen Beschäftigung während der ihr auferlegten Frist werden zu lassen, schrieb sie ein Buch mit kleinen Geschichten und Anekdoten über jede Tierart, die im Tierpark Friedrichsfelde beherbergt war, Ellis liebstem Ort in Ost-Berlin außer ein paar Kneipen und dem Naturkundemuseum. Ich habe viele Leute gekannt, die damals das Land verließen, aber keiner von ihnen überstand die Wartezeit und die willkürlichen Vorladungen bei dieser oder jener Behörde leidenschaftsloser als Elli, die zum Ende des dritten Jahres den Buchstaben W abgeschlossen hatte und den Rest der Zeit auf die Zebus, Zebras und Ziegen verteilen konnte. Als ihre Rechnung dann ganz und gar aufging, weil ihr Buch, als Elli schon in Kreuzberg wohnte, wirklich veröffentlicht wurde, und zwar in einer populären Reihe des Verlages, in dem Christian P. arbeitete, und Elli damit nicht nur ihr erstes Jahr in Kreuzberg finanzieren konnte, sondern das Buch ihr auch Aufträge bei einigen Zeitungen, darunter sogar eine bedeutende, einbrachte, haben wir sie alle sehr bewundert.

Vor fünf oder sechs Jahren wurde Elli Redakteurin bei einer der Zeitungen, für die sie nicht mehr hatte schreiben dürfen, nachdem sie die ihr angeborene Staatsbürgerschaft ablegen wollte. Seitdem kam sie meistens zu spät und fuhr einen BMW, zwar einen kleinen, aber einen BMW. Eine plumpe Erscheinung wie sie brauche schließlich auch etwas Elegantes, sagte Elli, und im Gegensatz zu irgendwelchen teuren Designerfummeln ließe sich die Vollkommenheit eines Automobils nicht durch ihren Hüftumfang verhunzen.

Elli kam nach fünf. Ich war gerade eingeschlafen und träumte, vor Friedel Wolgasts Haus hätte jemand, wahrscheinlich der Nachbar, aus alten Autoreifen einen Scheiterhaufen entzündet, hinter dessen rußenden Flammen zwischen Gardine und Fensterrahmen ab und zu Friedels halbes Gesicht aufschien, grauweiß und mit einem erschrockenen, vom Feuerschein rotglühenden Auge darin. Ich erwachte vom bedrohlichen Prasseln des Feuers und sah Elli, die mit den Fingernägeln gegen die verregnete Fensterscheibe trommelte.

Sie zog eine Flasche Wodka aus ihrer Reisetasche und sagte: Die ist für den Russen.

Der trinkt nur Whisky, sagte ich.

Ach so einer, sagte Elli.

Sie aß die fünfte, ohnehin ihr zugedachte Roulade, trank ein Bier, rauchte eine Zigarette und schnaufte ein paarmal wie unter einer Last oder großer Hitze. Sie hätte am Vormittag einen Hirnforscher interviewt, der mit Affen arbeite und Stein und Bein schwöre, daß seine Affen glücklich seien, was sie zwar nicht glaube, obwohl der Mann sympathisch sei. Aber wahrscheinlich sind die Affen nicht viel unglücklicher als der Mann, der jeden Tag mit Morddrohungen traktiert wird, sagte Elli.

Ach, Glück, sagte ich.

Wir telefonierten fast täglich miteinander, so daß ich Elli aus meinem ereignisarmen Landleben nichts berichten konnte. Nur meine Korrespondenz mit Christian P. hatte ich verschwiegen. Wahrscheinlich befürchtete ich, Elli könnte aussprechen, was ich selbst nicht einmal als stillen Gedanken zu formulieren bereit war. Später, in der Nacht, als Karoline und Igor gegangen waren, habe ich es dann doch erzählt, aber Elli war schon zu müde oder noch zu befangen in ihrem Streit mit Igor, um zu bemerken, daß sie gerade ein Geheimnis erfahren hatte, und sagte nur, ich müsse mich in meiner Verbannung offenbar ziemlich langweilen.

Igor hatte wieder das Majakowskikostüm angelegt, Karoline trug Jeans, dazu eine an den Ärmeln und Taschenaufschlägen sichtbar abgewetzte schwarze Samtjacke, und ich war froh, daß ich Elli gezwungen hatte, statt dicker Wollsocken doch ihre Schuhe anzuziehen. Karoline stellte in der Küche drei Flaschen eines Rotweins ab, von dem sie behauptete, er sei die Entdeckung ihres letzten Frankreichaufenthalts, während Igor Elli befragte, ob sie in ihrer Zeitung für Kunst zuständig sei. Elli behauptete später, sein Blick sei um wenigstens zehn Grad erkaltet, als sie bekannt hätte, im Wissenschaftsressort zu arbeiten.

Die Rouladen wurden gelobt, sogar von Igor, der sich an seine Bemerkung über die gelehrigen deutschen Frauen und ihre italienischen Kochkünste nicht zu erinnern schien, und ich ärgerte mich, weil ich mich nicht getraut hatte, Karoline außer einem deutschen Schmorgericht auch noch deutschen Rotkohl zuzumuten, statt dessen fünfzehn Kilometer weit gefahren war, um Pfifferlinge zu besorgen und so meine Rouladen selbst neutralisiert hatte. Während des Desserts, es gab Apfelstrudel mit Vanillesauce, begann Elli von dem Hirnforscher und seinen Affen zu erzählen.

Igor sagte, in hundert Jahren würden die Menschen über die Hirnforscher von heute vielleicht sprechen wie wir über die KZ-Ärzte.

Karoline stellte ihr Glas, das sie schon an den Lippen hatte, wieder auf den Tisch. Willst du die Juden mit Affen vergleichen?

Es sind nicht nur Juden umgekommen, sondern auch Russen und Polen, Deutsche auch, sagte Igor, ohne Karoline anzusehen. Ich wollte eigentlich nur sagen: wenn die Menschen unbedingt wissen wollen, wie ihr Gehirn funktioniert, sollten sie sich die Elektroden in die eigenen Köpfe pflanzen, statt Gott zu spielen. Der Mensch, geschaffen nach Gottes Ebenbild! Ja, gewiß, weil er sich einen Gott geschaffen hat, der so erbärmlich und unvollkommen ist wie er selbst, nur mit ein paar Zauberkräften ausgestattet. Wenn es ein Ebenbild Gottes gibt, dann alles, die Pflanzen, Menschen, Affen, Hunde, Schnecken, Skorpione, alles.

Elli stützte sich mit beiden Ellenbogen auf den Tisch und begann, während Igor sprach, an ihrer Unterlippe zu nagen.

Möchte noch jemand Apfelstrudel, fragte ich.

Wahrscheinlich erging es Elli mit Igor ähnlich wie mir. Er war ein arroganter Russe, und sie hätte ihm gern widersprochen. Karoline konzentrierte sich auf das zweite Stück Apfelstrudel. Ich fand, wie neulich im Verwalterhaus, daß Igor eigentlich recht hatte.

Sie plädieren also für Menschenversuche, sagte Elli.

Igor lehnte sich zurück, neigte seinen kahlen Schädel zur Seite und lächelte, als wolle er Elli sagen, daß ihr demagogischer Trick gegen die Spielregeln verstoße. Wo der Unterschied liege, fragte er, außer daß wirklich der den Kopf hinhielte, der auch etwas über ihn wissen wolle, und gleich das Hirn untersucht würde, das man erforschen wolle.

Nein, sagte Karoline, bei aller Tierliebe, ich hasse Tierversuche, aber Menschenversuche sind etwas anderes.

Warum, fragte Igor.

Endlich fand Elli ihre Sprache wieder. Sogar sie hatte sich von Igor einschüchtern lassen, obwohl er weder grob noch laut war.

Weil der Mensch das Recht hat, sich zu schützen, wie jedes andere Wesen auch, sagte Elli, und weil sein Forschertrieb ihm angeboren ist wie dem Tiger der Jagdtrieb. Jeder jagt seiner Beute nach, der Tiger dem Zebra, der Mensch der Erkenntnis, und jeder braucht seine Beute zum Überleben.

Das sei keine Erklärung für angesägte Affenschädel, sagte Igor. Wenn es wirklich nur um den unbeherrschbaren Erkenntnistrieb ginge, müßte der Mensch auf jeden Fall auch am lebenden Menschen forschen, weil ihn dann kein Tabu hindern könne.

Wir sind eben keine Kannibalen, sagte Elli. Sie haben gerade mit gutem Appetit ein Stück Rind verspeist, würden wahrscheinlich aber keine Roulade aus einem Menschenschenkel essen wollen.

Pfui Teufel, Karoline legte demonstrativ die flache Hand auf ihren Magen, Affen und Hunde essen wir auch nicht.

Der Schweizer Bernhardiner-Züchterverein hat sich kürzlich geweigert, Welpen nach China zu exportieren, wo sie zum Schlachten gemästet werden wie hier die Schweine, sagte ich, froh, mich endlich am Gespräch beteiligen zu können, ohne Elli in den Rücken zu fallen.

Igor war aufgestanden und lief in dem Zimmer

auf und ab, das, durchmessen von seiner langen Gestalt, noch kleiner und niedriger wirkte.

Ich weiß nicht, sagte Elli, mir sind einfach Leute verdächtig, die sich über das Unglück der Tiere mehr aufregen als über das Leid von Menschen, weil deren ganze Tierliebe vor allem aus Menschenhaß besteht.

Igor lachte, zum ersten Mal an diesem Abend. Jetzt haben Sie mich erwischt, denken Sie. Wenn Sie die Gattung meinen, haben Sie sogar recht. Der Stolz auf die Mutation, die uns hervorgebracht hat, liegt mir fern. Na gut, wir können, was alle anderen Tiere nicht können: sprechen, denken, Herzen verpflanzen, sogar unsere Gene entschlüsseln. Und das haben wir mit allen Instinkten bezahlt, mit denen die anderen überleben, sogar mit der Tötungshemmung gegenüber der eigenen Art. Wissen Sie, sagte Igor, er sprach nur noch zu Elli, solange der Mensch an Gott geglaubt hat und an seinen Auftrag, sich die Welt untertan zu machen, konnte er auch noch glauben, jeder Fortschritt sei ein Schritt hin zu seiner Gottähnlichkeit. Aber es heißt wohl nicht umsonst Fort-Schritt und nicht Hin-Schritt, fort von etwas. Aber wohin? Wissen Sie das?

Karoline zog ihre schwarze Samtjacke aus, obwohl es nur mäßig warm war.

Warum gerade du als Künstler so kulturfeindlich bist, Igor, verstehe ich überhaupt nicht, sagte sie und nahm sich eine von meinen Zigaretten. Sie hatte sich vor langer Zeit das Rauchen abgewöhnt und durchbrach dieses Verdikt nur in besonderen Situationen, um einen Genuß zu vervollkommnen oder ein Unbehagen zu mildern, wie jetzt.

Ich bin kein Künstler, sondern ein Kunsthändler, was meinen Hang zur Rationalität vielleicht erklärt. Außerdem bin ich ganz und gar nicht kulturfeindlich, im Gegenteil, ich plädiere für die Verfeinerung der menschlichen Sitten oder wenigstens dafür, daß der Mensch sich auf dem Niveau seiner eigenen Erkenntnis verhält. Wir wissen, daß die Tiere so leidensfähig sind wie wir, aber wir respektieren weder ihr Leid noch unser eigenes Wissen. Wir laden unser Leid den Tieren auf, die von unseren Erkenntnissen nicht im geringsten profitieren. Und wenn Ihr Hirnforscher behauptet, seine Affen empfänden kein Leid, sondern sogar Glück, dann wären Experimente mit Menschen doch gar keine Zumutung.

Während Igor sprach, lief er in Ellis Rücken auf und ab, die, wollte sie ihn ansehen, den Kopf über ihre linke oder rechte Schulter drehen mußte, und das, weil Igors Wege kurz waren, in schnellem Wechsel.

Könnten Sie sich nicht mal wieder hinsetzen, sagte Elli gereizt, mir wird langsam schwindlig. Mich interessiert nur, wie Sie reden würden, wenn Sie Krebs hätten oder Parkinson oder einen Bypass brauchten. Ich befürchte, dann würden Ihnen Ihre hochfahrenden Reden vergehen.

Wahrscheinlich, sagte Igor, der sich mit einer leichten Verbeugung vor Elli wieder auf seinen Stuhl gesetzt hatte, ganz sicher sogar. Ich tue vieles, was für mich angenehm, im Ganzen aber fragwürdig ist. Schon meinen Beruf kann ich moralisch nicht vertreten. Natürlich würde ich mein Leben mit allen Mitteln und bis zur letzten Sekunde verteidigen. Für mich als Individuum ist das auch richtig, für die Gattung hingegen absolut uninteressant, so wie jeder vermiedene frühe Tod im Sinne der Natur uninteressant, wenn nicht sogar störend ist. Sie schauen so angewidert, ich denke, Sie sind Naturwissenschaftlerin.

Ich mußte an meinen Vater denken und an die Bananen, die er sich von seiner fünfzehn Jahre jüngeren Frau zu einem Brei quetschen ließ. Er war vierundsiebzig Jahre alt, als Laura geboren wurde. Damals lieferten alle Verwandten und Freunde jede Banane, die sie auftreiben konnten, für Laura ab. Nur meine Mutter teilte sie zwischen dem Säugling und ihrem altersschwachen Mann, der überdies darauf bestand, daß sie ihm die Bananen ebenso zubereitete wie ich dem Baby. Ich ekelte mich vor der Lebensgier des alten Mannes, der nicht davor zurückscheute, einem Baby die Bananen wegzufressen, die sein Leben wahrscheinlich um keinen Tag verlängert haben. Er starb kurz nach Lauras erstem Geburtstag.

Elli fragte Igor, warum Naturwissenschaftler in seinen Augen notwendig inhuman sein müßten, der Mensch samt seiner Intelligenz sei auch Natur; und ob Igor glaube, ein Löwe, der wüßte, wie man Fallen stellt, würde aus Tier- oder Menschenliebe auf seinen Vorteil verzichten.

Ihr dreht euch im Kreis, sagte ich. Elli, selbst wenn es so wäre, daß der Mensch seine naturgegebenen Möglichkeiten nutzen darf, wie er will, muß es doch nicht sinnvoll sein, auch für den Menschen nicht. Ich bin einmal mit dem Flugzeug in mittlerer Höhe über ein dicht besiedeltes Gebiet geflogen und sah unter mir, durch ein feinverzweigtes Wegenetz miteinander verbunden, an den Rändern auswuchernde Menschennester, eins am anderen. Die Erde sah aus wie kranke Haut, auf der sich ein Ekzem wild ausgebreitet hat, wie von Milben befallen. Wenn die Menschen für die Erde nun so etwas wären wie Krätze?

Den Witz gibt es schon lange, sagte Elli, kennt ihr bestimmt. Die Erde trifft im Vorbeiflug nach langer Zeit einen anderen, befreundeten Planeten. Wie geht's, schreit der schon von weitem. Schlecht, schreit die Erde, ich habe Homo sapiens. Das geht vorbei, schreit der andere und ist für die nächsten dreihundert Jahre wieder verschwunden. Gibt es eigentlich noch Wein, Johanna?

Aber nur noch mittelmäßigen Montepulciano.

Auch gut, sagte Elli, ich hol schon, und wenn es niemanden stört, tausche ich bei der Gelegenheit meine lästigen Stadtschuhe gegen landgerechte Schafwollsocken.

Ich dachte, deine Freundin Elli sei eine große Tierliebhaberin, sagte Karoline.

Ist sie eigentlich auch.

Vielleicht hat dieser Hirnforscher sie so beeindruckt.

Gewiß nicht, sagte ich, konnte mir aber auch nicht erklären, warum Elli die Affenversuche so rigoros verteidigte.

Als sie auf dicken weißen Socken und mit einer Rotweinflasche in der Hand zurückkam, sagte Igor, er wolle ihre Frage beantworten, ehe sie vergessen werde. Ja, er glaube, Naturwissenschaftler müßten in gewisser Weise inhuman sein, weil die Natur mehr, viel mehr als das Humanum sei. Der Naturwissenschaftler, wenn er die Bezeichnung verdiene, dürfe die Welt nicht vom Menschen her definieren. Wie die übrige Menschheit dann mit seinen Erkenntnissen umgehe, sei eine andere Sache.

Offenbar hatte Elli mit ihren Schuhen auch ihre Beklommenheit abgelegt. Sie lehnte sich zurück, zog den rechten Fuß in der Schafwollsocke auf den Stuhl und leerte ihr Glas in einem Zug zur Hälfte.

Wahrscheinlich arbeite ich darum auch bei der Zeitung und nicht in einem Labor. Sie haben ja recht, die Wissenschaft hat den Menschen als Krone der Schöpfung längst aufgegeben und ihn statt dessen zum Material erklärt. Eigentlich könnten Sie doch zufrieden sein.

Wenn Sie meinen, daß der Mensch sich anschickt, sich selbst zu züchten, sagte Igor, so reißt mich das jedenfalls nicht zu der allgemeinen heiligen Empörung hin. Die Heiligsprechung eines gerade befruchteten menschlichen Eis grenzt doch an religiösen Wahn oder Blasphemie, wie man es nimmt; oder, Karoline, wie sehen das die Feministinnen?

Karoline winkte verärgert ab. Jede Frau, die das Wort Autonomie in den Mund nimmt, ist für Igor eine Feministin, sagte sie. Ich weiß selbst nicht genau, was ich denken soll. Vor ein paar Jahren begann das Leben erst vierzehn Tage nach der Befruchtung, jetzt beginnt es im selben Augenblick. Ein schwerkranker Embryo darf abgetrieben werden, aber natürlich käme niemand auf die Idee, einen schwerkranken Säugling zu töten. Was heißt denn Leben? Für mich ist eine befruchtete Eizelle noch kein Kind und eine Abtreibung darum kein Mord, wenn du das gemeint hast, Igor.

Sie sah erst mich an, dann Elli und zuckte, nachdem wir ihr unsere Zustimmung signalisiert hatten, kurz und ohne klar erkennbare Bedeutung mit den Schultern. Mir ging es wie Karoline, ich wußte auch nicht, was ich denken sollte. Zwar war mir die Vorstellung, der Mensch könnte sich künftig zu seinem eigenen Ideal hinzüchten, unheimlich und zuwider, unterschied sich aber nicht wesentlich von dem Gefühl, das Herz- und Nierentransplantationen in mir auslösten, die Ahnung von etwas Verbotenem, in der Natur nicht Vorgesehenem. Scheinbar empfand aber keiner von denen, die mit einem fremden Herzen im Brustkorb weiterlebten, ähnliches Unbehagen, und wahrscheinlich waren meine Vorbehalte nichts als Aberglauben, weil das Herz eben doch nur ein maschinenähnlicher, austauschbarer Muskel und nicht der Sitz der Seele ist. Wenn aber die Toten den Lebenden als Ersatzteillieferanten dienen konnten, warum sollte es dann verboten sein, ein paar Zwillingseizellen zu hinterlegen, um bei Bedarf eine Niere oder ein verlorenes Bein daraus zu züchten.

Gut, sagte Igor, eine Abtreibung ist kein Mord. Aber wenn es akzeptabel ist, ein schon gezeugtes Kind gar nicht zu wollen, warum ist es dann so verwerflich, nur ein gesundes Kind zu wollen, oder ein möglichst kluges und schönes und, wenn es möglich ist, auch nachzuhelfen?

Elli hielt weder das Wollen noch das Nachhelfen für verwerflich. Es gälte schließlich auch nicht als verwerflich, wenn sich ein Mann eine schöne Frau suche oder eine Frau einen kräftigen Mann. Aber, sagte Elli, wenn in den letzten fünfzig Jahren statt der Natur der Mensch die Selektion übernommen hätte, dann sähe die Hälfte der Frauen jetzt wahrscheinlich aus wie Brigitte Bardot oder Sophia Loren und die Hälfte der Männer wie Elvis Presley oder Marlon Brando. Kleine untersetzte Menschen wären ausgestorben und nur lange Dünne geboren worden, und die sogenannten guten Futterverwerter hätten sowieso keine Chance gehabt. Es könnte aber wieder eine Situation geben, eine Naturkatastrophe oder Krieg, in der sie dringend gebraucht würden, und dann sind sie nicht da. Die Natur sorgt für jeden Fall vor und hält die Kleinen und Zähen ebenso bereit wie die Schmalen und Zarten.

Igor hob den Arm. Einspruch, Madame, wir pfuschen der Natur doch jeden Tag ins Handwerk, indem wir mit unglaublichem Aufwand am Leben halten, was die Natur als Fehlwurf aussortieren würde.

Du lieber Himmel; Elli schnaufte und verbiß sich in ihre Unterlippe, was Igor eher anzutreiben schien, als daß es ihn gemäßigt hätte.

Wir erfüllen absurde Kinderwünsche, die vielleicht besser unerfüllt blieben, wir hindern Halbtote am Sterben, weil wir jedes menschliche Leben heiliggesprochen und die Natur, auf deren Genie Sie sich jetzt berufen, entmündigt haben. Wäre es dann nicht vernünftig, die Selektion, die wir im Leben sabotieren, vor das Leben zu legen, statt aus Menschenliebe die Gattung langsam zugrunde zu richten?

Mein Gott, Igor, du redest wie ein Nazi, sagte Karoline, vielleicht wäre es ja vernünftig, ich kann das nicht beurteilen, aber es ist barbarisch. Sie legte sich die Samtjacke wieder um die Schulter und zog sie über der Brust zusammen. Das ist ja reiner Darwinismus.

Außerdem ist es Quatsch, sagte Elli, mit der modernen Medizin sind die Menschen nicht kränker geworden, sondern gesünder, unglaublich viel gesünder sogar. In Ihren Augen verhielte sich ja eine Mutter, die sich um ihr krankes Kind besonders müht, auch widernatürlich, und wenn man so zweckfanatisch denkt wie Sie, stimmt das sogar, weil ein Tier das schwache Junge vielleicht totbeißen würde, damit wenigstens die anderen überleben. Es stirbt aber kein starkes Kind, weil ein schwaches überlebt, sagte Elli und schlug mit den flachen Händen gegen die Tischkante. Sie sprach immer lauter, und ihre Wangen glühten vor Erregung, so daß die kleinen roten Adern deutlich sichtbar wurden unter ihrer hellen Haut. Sie goß den Rest Wein in ihr Glas und ließ die leere Flasche mit einem fragenden Blick auf mich zwischen ihren Fingern schaukeln.

Ich ging in die Küche, eigentlich nur, um den Wein zu holen, fühlte mich in der spannungslosen Stille plötzlich aber so erleichtert, daß ich begann, sehr langsam die Spülmaschine einzuräumen. Ich hatte, ohne mich an dem Gespräch zu beteiligen, mal für Elli, mal für Igor Partei ergriffen, wenn Igor mir auch nicht sympathisch war und seine mitleidlose Logik mich abstieß. Trotzdem hatte ich mich zwischen den beiden nicht entscheiden können oder gar nicht entscheiden wollen. Über dem ganzen Streit hing die Frage, ob mich das alles wirklich noch anging und warum ich mich erhitzen sollte an einer Welt, die ganz sicher kommen, in der ich aber nicht mehr leben würde. Laß sie doch ziehen, die Welt … Und ich hatte an Irene denken müssen und daran, daß ich nicht wußte, ob sie mit dieser Wirbelsäule geboren worden war oder ihrer Mutter als Säugling aus dem Arm gefallen oder ob sie Rachitis gehabt hatte oder warum sonst ihr kleiner Körper sich zu dieser Mißgestalt ausgewachsen hatte. Nachdem Irene einmal auf der Welt war, wird sie wohl auch haben leben wollen. Obwohl ich, wenn ich an unsere letzte Begegnung dachte, an die resignierte Geste, mit der Irene ihre Bemerkung über die Zyste in ihrer Brust wieder wegzuwischen schien, auch glauben konnte, daß diese kleine fahrige Handbewegung ebenso ihrem Leben gegolten haben könnte, dem als einziges Glück die Bohemistik zugedacht war und eine heimliche Freundschaft. Und wer weiß, wie sie entschieden hätte, wäre sie vorher gefragt worden, hätte jemand zu ihr gesagt: es ist ein Leben für dich vorgesehen, allerdings ein kurzes, beschädigtes mit einer verbogenen Wirbelsäule, ohne Liebe, ohne

Kinder, dafür mit garantiertem beruflichen Erfolg, entweder dieses oder gar keins; vielleicht hätte sie es ausgeschlagen, vielleicht hätte sie es auch genommen. Ich fragte mich, ob ich mein Leben, diesen Rest meines Lebens mit Achims Rücken, den Biografien ohne Botschaften, der erwachsenen Laura irgendwo in der Welt, ob ich dieses Leben, wenn es denn möglich wäre, fünfzig oder hundert Jahre länger führen wollte, als mir statistisch zustand. Ich konnte mir nicht vorstellen, daß ich ein solches Angebot ablehnen würde, obwohl die Aussicht, in endloser Wiederholung fortzuleben ohne die, wenn auch trügerische, Gewißheit, daß alles sich noch ändern kann und dies immer noch der Anfang und nicht ein endloses Ende ist, mich hätte schrecken müssen, da ich schon jetzt, zwanzig oder dreißig Jahre vor meinem regulären Tod, befürchtete, der ideelle Vorrat für mein Leben sei aufgebraucht und ich dazu verdammt, mir die übrige Zeit irgendwie zu vertreiben. Vielleicht glaubte auch Irene, als sie sich dem letzten Angriff der Zysten ergab, daß ihre Zukunft nichts anderes sein würde als die ermüdende Fortsetzung des Gewesenen, daß ihr beschädigtes Leben aufgebraucht war, wie alle Leben eines Tages, nur früher.

Karoline und Elli brachten die Gläser und Aschenbecher in die Küche. Karoline sagte, Igor müsse morgen sehr früh abreisen, und Elli sagte, den Kopf über den Mülleimer gebeugt und kaum hörbar: Gott sei Dank.

Auch als wir längst allein waren, beruhigte sich Elli nicht, sondern weitete ihre Empörung über Igor aus auf die Russen und ihre Großmachtallüren im allgemeinen, was sie ohne langen Umweg zu ihrer Mutter führte und deren Sowjetfimmel, dem sie ihre Allergie gegen das asiatische Herrschaftsgebaren russischer Männer verdanke, das, wie Elli meinte, ein Erbe der zweihundertjährigen Mongolenherrschaft in Rußland während des dreizehnten und vierzehnten Jahrhunderts sei.

Mein Versuch, ihr etwas über Christian P. zu erzählen, endete in ihrem Rat, ich solle endlich zurückkehren in die Zivilisation, hier fängst du an zu spinnen, sagte sie.

Am nächsten Morgen regnete es immer noch, ein monotoner, dünnfädiger Landregen hing in der Luft. Wir standen spät auf und frühstückten lange. Elli erzählte von ihrem neuen Chef, einem achtundzwanzigjährigen Harvard-Absolventen.

Ein Jahr älter als Laura, sagte ich.

Elli setzte ihre Brille auf, steckte sich eine Zigarette zwischen die Lippen und suchte auf dem Tisch nach einem Feuerzeug.

Gibt der dir nun Anweisungen?

Er ist höflich und nennt es Vorschläge. Eigentlich verstehen wir uns ganz gut. Vor mir hat er keine Angst. Ich kann ja nicht mal Englisch.

Ich dachte, du könntest inzwischen.

Nur lesen, sagte Elli, zündete die Zigarette an und hustete aus der Tiefe ihres massigen Leibes.

Der Gedanke, daß der Achtundzwanzigjährige Elli Vorschläge machen durfte, die sie auch gegen ihren Willen befolgen mußte, kränkte mich. Solange wir uns kannten, hatte ich Elli immer für erwachsener und lebensklüger, vor allem unabhängiger gehalten als mich. Damals, als sie nach Kreuzberg zog, dachte ich, daß Elli im Leben alles richtig gemacht hatte und ich alles falsch. Achim schrieb immer noch an seiner Dissertation und hätte seine Promotion auf keinen Fall gefährden wollen. Außerdem befürchtete ich, Laura würde unter der langen Wartezeit und den damit verbundenen Quälereien leiden. Ich war sicher, daß ich ohne Achim und ohne Laura mit Elli nach Kreuzberg gegangen wäre.

Eigentlich ist es nicht schlimm, sagte Elli, er ist ein kluger Junge. Und ich werde auf meine alten

Tage doch noch Mutter. Das ist die einzige würdige Rolle in dieser Konstellation. Harvard hin oder her, aber vom Leben wissen die alle nichts. Sie wickelte sich fester in ihren dunkelroten Wollschal, rieb sich mit dem Mittelfinger kleine Hautfetzen von ihrer zerbissenen Unterlippe und stieß dabei ein Geräusch zwischen Lachen und Seufzen aus.

Trotzdem, sagte ich, ein Chef, der so alt ist wie dein eigenes Kind.

Ist jedenfalls besser als mein eigener Vater, sagte Elli. In ein paar Jahren gibt es sowieso keine Chefs mehr, die älter sind als Laura.

Ich widersprach nicht, weil ich wußte, daß Elli heute unter keinen Umständen eingestehen würde, daß ein achtundzwanzigjähriger Chef eine Demütigung für sie war. Außerdem hatte sie mir in letzter Zeit einige Male vorgeworfen, ich sei konservativ geworden und redete schon wie die senilen Rentner, deren dämliche Leserbriefe sie beantworten müsse. Was ist bloß los mit dir, hatte sie gefragt, als ich ihr vor einigen Monaten leidenschaftslos und vernünftig erklären wollte, warum ich gegen die Ehe von Schwulen bin. Wenn Menschen, die nichts haben außer ihrer Normalität, sagte ich, die nichts sind als unauffällig, fleißig, sparsam und heterosexuell, die nie auf den Strich gegangen sind und auch nicht wollen, daß ihre Töchter auf den Strich gehen, wenn die eines Tages denken müßten, ihre ganze Normalität sei einen Dreck wert und überhaupt nur noch ein Wort in Anführungszeichen, und darum auf die Idee kämen, lieber auch nicht mehr fleißig und unauffällig zu sein, sondern, wenn schon nicht schwul, dann wenigstens anders auffällig, rechts- oder linksradikal oder gewalttätig oder wenigstens faul und kinderlos, jedenfalls irgendwas, um das man sich kümmern muß, was würden wir dann machen, fragte ich, unser Brot wieder selbst backen und Stoffe weben und Autos bauen?

Elli sagte, die Leute seien schließlich nur normal und nicht blöd und könnten darum verstehen, daß andere Leute anders sind als sie selbst.

Ich sagte, man könne Normen nicht beliebig aufheben und gleichzeitig darauf bestehen, daß andere unantastbar bleiben. Und wenn schwul so normal sei wie nichtschwul und Hure ein Beruf wie Verkäuferin, dann gebe es keine Normalität mehr, dann sei alles normal oder eben nichts.

Elli sagte, wenn die Natur Homosexualität produziere, dann sei sie auch so normal wie Heterosexualität, und ich sagte, daß die Ehe aber kein Naturprodukt sei, sondern eine menschliche

Zweckerfindung, und zwar eine, die Schwulsein ausschließe, worauf Elli sagte: Du redest wie eine vom katholischen Frauenverein oder sogar noch schlimmer. Was ist bloß mit dir passiert, Johanna?

Ich wollte mir von Ellis achtundzwanzigjährigem Chef den Sonntag nicht verderben lassen, obwohl ihr juveniler Eifer mir zuweilen übertrieben und beinahe zwanghaft vorkam und ich mich fragte, ob vielleicht nicht nur mir, sondern auch Elli etwas passiert war, seit ihr der journalistische Zeitgeist Tag für Tag in das müde Gesicht blies. Willst du dir das Schloß ansehen? Die Fassade ist jetzt fertig, sagte ich.

Das Schloß stand vier Kilometer entfernt in dem kleinen Ackerbürgerstädtchen, das nicht größer war als ein Dorf und in dem es außer einem Renaissanceschloß, das einmal den von der Osten, später den von der Schulenburg und dann wieder den von der Osten gehört hatte, nichts zu besichtigen gab. Und hätte das Wunder damals noch lange auf sich warten lassen, wäre es auch mit dem Schloß vorbei gewesen. In jedem Frühjahr hatten wir das neuerliche Zerstörungswerk des Winters registriert. Am Ende wuchsen drei Birken aus seinem löchrigen Dach. Durch die Reste von mürbem Putz leuchtete das Mauerwerk wie rohes Fleisch, die

Fensterhölzer faulten und brachen, der bröselige Stein der Eingangstreppe verwandelte sich nach und nach wieder in Sand. Wie ein geschundener Körper starb das Schloß langsam vor unser aller Augen. Die neue Zeit setzte in dem Städtchen schon im ersten Jahr zwei sichtbare Zeichen: die Abwasserrinnsale, die bislang in den Rändern der Straßen versickert waren, wurden unterirdisch kanalisiert; und das Schloß bekam ein weithin sichtbares, schönes rotes Dach. Im letzten Sommer war auch der Seitenflügel verputzt und gestrichen worden, und innen führte ein roter Wollfaden die Besucher über die wieder begehbaren Treppen und Korridore. Im Foyer hing eine Fotoausstellung über die Navajo-Indianer.

Andere Sorgen haben die hier wohl nicht, sagte Elli so laut, daß der Mann am Tisch neben dem Eingang es hören mußte. Der Fotograf sei Absolvent der hiesigen Oberschule und arbeite jetzt für Zeitungen, erklärte er. Ich lobte die Bilder, und Elli sagte Gott sei Dank nichts mehr.

Draußen fragte ich: Ist es nicht schön? Es ist doch schön?

Ja, es ist schön, wirklich, sagte Elli.

Auf den regenfeuchten Bänken am Marktplatz saßen drei stadtbekannte Säufer, direkt gegenüber der Alkoholberatungsstelle, die allerdings am Sonntag geschlossen war. Zwei ältere Paare, das eine eleganter gekleidet und offenbar nicht aus dieser Gegend, kamen langsam vom Gasthof durch die Lange Straße. Handwerker hämmerten am Dach eines Hauses, vor dem ein großer Schutthaufen lag. Durch ein geschlossenes Fenster dröhnte das aufgeregte Geschrei eines Sportreporters.

Wozu brauchen die hier eigentlich ein Schloß? fragte Elli.

Im Herbst machen sie ein Schloßfest, sagte ich, mit Gespenstern und Nebel. Ist doch egal, das wird sich schon finden.

Niemand wußte, wozu das Städtchen ein Schloß brauchte, trotzdem freuten sich alle, daß es gerettet war. Am frühen Nachmittag fuhr Elli ab. Sie sei am nächsten Morgen noch einmal mit ihrem Hirnforscher verabredet und wolle sich darauf vorbereiten; dieser Russe hätte sie auf eine Idee gebracht.

Als sie ins Auto stieg, sagte sie: Komm zurück, hier wirst du verrückt.

Notizen zu Wilhelmine Enke:

W. E. und die Rosenkreuzer

Friedrich Wilhelm war willensschwach und triebstark. Unsicher in seinen politischen Entscheidungen, dafür vital und ungemein zielstrebig in der Gestaltung seines Sexuallebens. Die erste, von Friedrich II. angeordnete Ehe wurde wegen skandalöser Untreue beider Partner nach vier Jahren geschieden; die zweite, drei Monate nach der Scheidung geschlossene Ehe dauerte bis zu Friedrich Wilhelms Tod; ihr entstammten sechs Kinder. Neben der lebenslangen innigen, wenn auch sich wandelnden Beziehung zu W. E. schloß Friedrich Wilhelm zwei morganatische Ehen, die erste mit der Gräfin Ingenheim, die aber schon nach kurzer Zeit starb, die zweite mit einer Gräfin Dönhoff, die wegen aufrührerischer politischer Reden vom Hofe wieder verbannt wurde (woran die W.E. mitgewirkt haben soll).

Außer diesen dauerhafteren Verbindungen ist von vielen unstandesgemäßen Affären die Rede. Mit seiner Lebensführung scheinbar unvereinbar, Friedrich Wilhelms religiöser Eifer, sein starker Hang zum Mystischen; vielleicht aber auch eine Folge der unbeherrschbaren Triebstärke und eines daraus erwachsenen Schuldgefühls, das ständig nach Vergebung suchte.

Der Orden der Rosenkreuzer:

seit der Mitte des 18. Jahrhunderts, von Süddeutschland ausgehend, in ganz Deutschland verbreitet, hervorgegangen aus dem konservativen Teil der Freimaurer und ihrem System der Strikten Observanz. Elitäres Selbstverständnis, streng hierarchisch, spiritistisch und mystisch.

Der labile Thronfolger des aufgeklärten Großen Friedrich bot den Rosenkreuzern die Chance, nach dem Tod Friedrichs II. in Preußen der Gegenaufklärung zur Macht zu verhelfen. Die frömmelnde Sehnsucht des Kronprinzen grenzte an Idiotie; mit Gotteserscheinungen und anderen Tricks gewannen die Rosenkreuzer ihn für ihren Orden, in den er am 8. August 1781, fünf Jahre vor seiner Thronbesteigung, unter dem Ordensnamen Ormesus Magnus aufgenommen wurde. Damit stand der W. E. ein sechzehnjähriger Kampf bevor, den erst der Tod Friedrich Wilhelms II. beendete, der für die W. E. die Verbannung bedeutete und für die einflußreichsten Rosenkreuzer Bischoffswerder und Woellner den Rückzug ins Privatleben.

Außer Woellner, vor allem aber Bischoffswerder, scheint nur die W. E. Einfluß auf Friedrich Wilhelms Entscheidungen gehabt zu haben, was den Rosenkreuzern Anlaß war, ein Jahr nach Friedrich Wilhelms Ordensbeitritt um seiner reinen Seele willen auf eine Trennung der beiden zu drängen. Die W. E. zog nach Dessau, kehrte aber nach einem halben Jahr zurück, weil auch Friedrich Wilhelm ihre Abwesenheit nicht ertrug und seiner reinen Seele zwar die sexuelle Beziehung zur W. E. opfern wollte, nicht aber die unersetzbare, durch ihn selbst erzogene und gebildete Freundin. Die W. E. soll ihm fortan seine Amouren selbst zugeführt haben, wohl bedacht, ihre eigene Position dabei nicht zu gefährden; sie tröstete den König, als er um die Gräfin Ingenheim trauerte, und blieb seine Vertraute gegen den Widerstand der Rosenkreuzer, wie sie den Widerstand Friedrichs II. überstanden hatte, der 1781 ihre Verehelichung mit dem Kämmerer Johannes Rietz befohlen hatte, um die Verhältnisse seines Neffen und Thronfolgers wenigstens formal zu ordnen.

Rahel Varnhagen soll über die W. E. gesagt haben, sie verfüge über die Gabe, »durch sich selbst nur schön und heiter zu sein, alles andere aber von dem Manne zu empfangen, der sie liebt, also daß sie von jedem Mann, der sie liebt, als Ideal angebetet wird, wie sein Spiegelbild«.

Zur Gleichzeitigkeit der Rahel Varnhagen und der Wilhelmine Enke:

beide sind Aufsteigerinnen, die eine, Rahel Levin, aus der sozialen Isolation des Judentums in die hochgeistige Welt ihrer Dachkammer, inzwischen bekannt als ihr Salon; die W. E. aus dem Bürgerstand zur Mätresse des Königs, bis zur Verleihung des Adelstitels. Während die Varnhagen zur Symbolgestalt weiblicher jüdischer Intelligenz und Emanzipation wurde, wurde die W. E. durch ihren Aufstieg in die antiaufklärerischen politischen Intrigen am Hof verstrickt und ihre beachtliche Lernfähigkeit nährte, wie es scheint, nur ihren Kampf ums Überleben an der Seite des Königs.

Ein Teil ihrer Biografen behauptet, die W. E.

hätte auf die politischen Entscheidungen Friedrich Wilhelms, außer zweitrangigen Personalangelegenheiten, keinen Einfluß genommen, was allerdings schwer vorstellbar ist, weil er sie in jeder Sache um Rat gefragt hat.

Und warum war sie ein Ärgernis für die Rosenkreuzer, wenn sie keinen Einfluß nahm? Vielleicht nur, weil sie im Sinne der Rahel Varnhagen dem Mann, der sie liebte, ein Spiegelbild war, ihn gleichsam verdoppelte und somit bestärkte in dem, was er wollte? Es kann auch sein, daß man ihren möglichen Einfluß lieber verschwieg, weil, wer sie nach ihrem Sturz retten wollte, sich eher auf ihre weibliche Harmlosigkeit als auf ihre ausgleichende Kraft gegen die Rosenkreuzer berief.

Der Regen hatte sich über Basekow eingerichtet. Nur hin und wieder ließ er plötzlich nach, so daß man nicht wußte, ob die Tropfen von den Bäumen oder aus den Wolken fielen, aber dann, als hätte er sich nur ein paar Minuten ausruhen müssen, strömte er wieder unbeirrt aus dem gleichförmig grauen Himmel in die schlammige Erde. Nur abends, kurz bevor es endgültig dunkel wurde, zwängte sich manchmal ein Sonnenstrahl durch einen Riß in der Wolkendecke; eine kleine Ermutigung, ein Versprechen für den nächsten Tag, ein Lichtblick eben.

Während der Regenpausen machte ich kurze Spaziergänge an den See. Aber die Zeit, in der die Landschaft mir Gesellschaft leistete wie eine Person, die mich begleitete, mit der ich hin und wieder einen Gedanken austauschte und von der ich mich für die Nacht verabschiedete, war vorbei. An den Abenden, die schon lang waren, sehnte ich mich nach der Stadt. Einmal beschloß ich, am nächsten Morgen abzureisen, und dann blieb ich doch.

Ich las ziellos, zwischen Döblin, Camus, Novalis und anderem mäandernd, das sich zufällig in Basekow angesammelt hatte. Sogar in Christa Wolfs »Geteiltem Himmel« las ich und suchte den von Elli verachteten Satz, fand ihn aber nicht. Nur ein Buch über die Königin Margot von Alexandre Dumas las ich bis zum Ende. Ich muß wohl gehofft haben, irgendein zufällig gefundener Satz, entsprungen einer ebenso zufälligen Eingebung eines längst gestorbenen oder noch lebenden Menschen, könnte mir eine Brücke schlagen von den Rosenkreuzern und Wilhelmine Enke zu Ellis Affen und Igors Menschenfeindschaft und könnte so das Muster wieder sichtbar werden lassen, in das ich meine Erlebnisse und Gedanken bis vor kurzem noch verwoben hatte und die nun durch meinen Kopf schwirrten wie Atome, denen ihr Kern abhanden gekommen war.

Die Post kam um halb elf. Die Summe der Briefe für den Zustellbezirk, zu dem auch Basekow gehört, mußte jeden Tag annähernd gleich sein, denn die blonde Postbotin, die selbst dann nicht lächelte, wenn wir uns an meinem Gartenzaun trafen, fuhr jeden Tag und bei jedem Wetter genau zwischen zehn Uhr dreißig und zehn Uhr fünfunddreißig durch den Ort. Der alte Briefträger war auf einem klapprigen Moped, und wenn das kaputt war, mit dem Fahrrad gekommen, hatte, wo man ihn einlud, eine Tasse Kaffee getrunken, den neuesten Klatsch erzählt und, wenn es erwünscht war, auf den Staat und die dörfliche Obrigkeit geschimpft, so daß die Ankunft der Post um zwei, sogar bis zu drei Stunden differieren konnte. Mit der neuen Briefträgerin hatte ich noch nie einen Satz gewechselt; nur im vorigen Sommer hatte sie mich ermahnt, meine Hausnummer von den Kletterrosen zu befreien. Ich bekam selten Post in Basekow, ab und zu eine Rechnung vom Schornsteinfeger oder von der Fäkalienabfuhr, manchmal eine Karte von Laura, die gerade mit ihrem Freund in einem alten Chevrolet Amerika durchkreuzte und deren Grüße aus New Orleans oder Pennsylvania oder New Mexico mich nicht beruhigten, weil sie nicht mehr besagten, als daß es ihr vor zehn Tagen gut gegangen war; und einmal war ein Brief von Christian P. gekommen. Auf den zweiten wartete ich jeden Tag bis halb elf, dann erst wieder am nächsten Morgen.

In der sechsten oder siebenten Klasse hatte ich

eine Brieffreundin, Marina Swerdlowa aus Leningrad. Die Adressen hatte unsere Russischlehrerin verteilt. Wir schrieben uns, daß wir Blockflöte spielen (ich) oder Klavier (Marina), daß wir gerne schwimmen und ob wir gute Schülerinnen sind, ob wir Geschwister und Haustiere haben, wir schickten uns Paßfotos. Marina war ein dünnes dunkelhaariges Mädchen mit Zöpfen, die ihr wie zwei Schaukeln im Nacken hingen. Unter alle Briefe schrieb sie den Vers: shdu otwjeta kak solowjej leta, was bedeutet: ich erwarte die Antwort wie die Nachtigall den Sommer. Ich habe Marina nie getroffen und konnte nicht wissen, ob wir uns gefallen hätten, ob wir unsere Geheimnisse hätten teilen wollen und miteinander albern oder traurig hätten sein können. Trotzdem erwartete ich ihre Briefe mit einer Erregung, die unmöglich etwas mit Marina und ihren Mitteilungen über das Leningrader Wetter oder ihre Zensur für die letzte Mathematikarbeit zu tun haben konnte. Es war eine Erregung, die Marina so wenig galt wie dem Papier, auf dem sie ihre Briefe schrieb; sie galt einzig und allein meiner Erwartung, die sich erfüllen würde oder nicht, die alle späteren, mich immer wieder auf die gleiche Weise erregenden Erwartungen schon eingeschlossen hatte und von der sich die

Erregung, mit der ich jetzt Christian P.s Brief erwartete, nur insofern unterschied, als sie mir inzwischen lächerlich vertraut war.

Ich sah aus dem Fenster, als das gelbe Postauto vor meinem Haus hielt. Es regnete immer noch, und die Briefträgerin hielt, was sie in meinen Kasten stecken wollte, unter einem Regencape verborgen. In Hausschuhen rannte ich durch das nasse Gras. Es war eine Werbesendung der Stromversorgung. Der Brief von Christian P. kam zwei oder drei Tage später.

Liebe Johanna,

ob ich an etwas glaube, fragst Du. Dein Verdacht, Du könntest mich das schon einmal gefragt haben, ist nicht grundlos; Du hast. Ich kann mich gut daran erinnern, weil ich verblüfft war, daß Du mir die Gretchenfrage wirklich wie Gretchen gestellt hast, direkt und unvermittelt, als hättest Du Dich nach meinem Beruf oder meiner Telefonnummer erkundigt. Übrigens hast Du mich ebenso ungeniert einmal gefragt, welche Partei ich zuletzt gewählt hätte. Wir kannten uns noch nicht lange, und ich habe Dir geantwortet, wir hätten schließlich die geheime Wahl, und Du warst, glaube ich, ein bißchen gekränkt. Auf Deine Frage nach meiner Religion habe ich vermutlich als überzeugter Liberaler und Verfechter der bürgerlichen Freiheiten ähnlich ausweichend geantwortet, darum kannst Du Dich auch nicht erinnern. Um ehrlich zu sein, empfand ich Deine Neugier damals als indiskret oder richtiger: ich betrachtete meine religiösen Verhältnisse als so privat und intim wie meine Liebesverhältnisse, nach denen ich auch nicht gefragt werden wollte. Später, als wir uns besser kannten, verstand ich, daß für Euch, jedenfalls für Dich, solche Regeln nicht galten. Weder hattet Ihr geheime Wahlen, noch wart ihr im herkömmlichen Sinne religiös. In heiklen Fragen wie der des Glaubens ist es ratsam, Autoritäten für sich sprechen zu lassen. Ich antworte Dir also, wie es sich für die Gretchenfrage geziemt, mit Goethe: »Die allgemeine, die natürliche Religion bedarf eigentlich keines Glaubens: denn die Überzeugung, daß ein großes, hervorbringendes, ordnendes und leitendes Wesen sich gleichsam hinter der Natur verberge, um sich uns faßlich zu machen, eine solche Überzeugung dringt sich einem jeden auf; ja, wenn er auch den Faden derselben, die ihn durchs Leben führt, manchmal fahren ließe, so wird er ihn doch gleich und überall wieder aufnehmen können.« (*Dichtung und Wahrheit I, 4)*

Und zu Deiner Bemerkung über das süchtige Volk ohne Opium (und weil man bei Goethe eben allerlei finden kann):

»So rütteln sie jetzt an den fünf Büchern Moses, und wenn die vernichtende Kritik irgend schädlich ist, so ist sie es in Religionssachen; denn hierbei beruht alles auf dem Glauben, zu welchem man nicht zurückkehren kann, wenn man ihn einmal verloren hat.« *(Eckermann 1.2.1827)*

In diesem Sinne glaube ich, und daß ich ein frommer Kirchgänger bin, hast Du ja wohl nicht im Ernst vermutet.

Und Du sprichst also mit Geistern. Antworten sie Dir eigentlich auch? Ich lache nicht, bin aber doch verwundert. Es paßt nicht in mein Bild von Dir. Aber warum hast Du so große Schwierigkeiten mit Deiner Wilhelmine Enke, deren bemerkenswerte Beziehung zu Geistern doch jedes Interesse an ihr rechtfertigt?

Ich versuche mir vorzustellen, wie Du zwischen Büchern und John Dowland in Deinem Haus sitzt. Dabei weiß ich gar nicht, wie es jetzt bei Euch aussieht. Ich setze Dich in das Zimmer gleich neben der Küche, an das ich mich genau erinnere; der kleine Schreibtisch vor dem Fenster, an der Wand rechts ein braunes Sofa, oder war es grün? Überall kleine Bücherstapel und Papier (schreibst Du inzwischen mit einem Computer? Damals warst Du skeptisch). Du hockst auf dem Sofa und schaust vor Dich hin, so daß ich Dein Gesicht gut erkennen kann. Du hast einen viel zu großen grauen Pullover an, wahrscheinlich gehört er Achim. Deine Füße stemmst Du gegen die Tischkante und hast die Hände vor den Knien verschränkt. Die Haare, was ist mit Deinen Haaren? Ich glaube, Du hast sie am Hinterkopf zu einem Pinsel gerafft wie damals, als ich Euch einmal in Basekow besucht habe. Oder hast Du inzwischen auch eine dieser Stutzfrisuren, die Damen um die Fünfzig scheinbar bevorzugen? Kathrin meinte, langes Haar zöge die Gesichtslinien nach unten. Jedenfalls legen sich nach und nach alle Frauen meiner Altersgruppe ähnliche Kurzhaarfrisuren zu, was mir immer vorkommt wie die endgültige Kapitulation, obwohl vermutlich das Gegenteil gemeint ist. Nein, Dir binde ich die Haare am Hinterkopf zusammen, auch wenn mir das natürlich gar nicht zusteht. Jetzt siehst Du mich an. Du hast Dich kaum verändert, aber Du lächelst nicht, nicht die Spur eines Lächelns.

Vielleicht sollte ich Dir die Geschichte unserer Trennung erzählen, um Dich aufzuheitern. Sie ist das Gegenteil aller anderen Trennungsgeschichten in unseren Jahrgängen, statistisch kommt sie gar nicht vor. Vor drei Jahren hat Kathrin sich in einen fünfzehn Jahre jüngeren Komponisten verliebt, ein Finne, der für ein Jahr als Stipendiat in München lebte. Eigentlich ist das schon die ganze Geschichte. Der Finne verliebte sich auch in sie, und als das Jahr abgelaufen war, beschloß er, in Deutschland zu bleiben, was meine Hoffnung, die Affäre würde mit der Abreise des Finnen ihr natürliches Ende finden, zunichte machte. Ich kann bis heute nicht genau sagen, warum ich damals nichts unternommen habe, ich weiß zwar nicht was, aber irgend etwas, das Kathrin zur Umkehr hätte bewegen können. Statt dessen lief ich wie somnambul durch die Welt, ich kann mich an das erste halbe Jahr nach Kathrins Entschluß, mich zu verlassen, kaum erinnern. Wir verkauften das Haus, das heißt, eines Tages war das Haus verkauft. Kathrin hatte zwei Wohnungen gefunden, eine große für den Finnen und sie, eine kleinere für mich. Sie stellte die Möbel auf, brachte Vorhänge an und setzte mich ab. Es ging alles sehr schnell, und ich verstand nichts. Sie hatte es so eilig, mich loszuwerden. Später sagte sie, anders hätte sie es nicht geschafft, sie hätte sich gewissermaßen selbst übertölpeln müssen. Vielleicht habe ich mich auch nicht gewehrt, weil ich mir gar nicht sicher war, ob ich unsere Ehe um jeden Preis fortführen wollte. Wahrscheinlich hätte ich mich nie von Kathrin getrennt, aber die Furcht, ich könnte in den festgefügten Ritualen unseres Zusammenlebens allmählich verkümmern, hatte mich in den Jahren davor des öfteren gestreift; Kathrin wohl auch. Erinnerst Du Dich an Euren Besuch bei uns in München? Es war ein bedrückender Abend, und Ihr habt Euch danach auch nicht mehr gemeldet. Bis dahin hatte ich euch nur allein, ohne Kathrin, getroffen. Als wir zu viert um unseren Tisch saßen, spürte ich, daß ich ein anderer war, als wäre für das, was mich mit Euch verband, kein Platz in meinem Münchener Leben.

Es hat fast zwei Jahre gedauert, ehe ich die Kränkung vom Verlust unterscheiden konnte. Seitdem aber geht es mir gut. Aus der Wohnung, die Kathrin mir zugedacht hatte, bin ich wieder ausgezogen. Ich habe jetzt viel Platz für mich allein. Du siehst, liebe Johanna, es müssen nicht ganze Imperien zerbrechen, um in unserem Leben ungeahnte Dinge geschehen zu lassen, was keine Ermutigung sein soll, Dich in einen fünfzehn Jahre jüngeren Finnen oder Schweden oder Ungarn zu verlieben, eher die relativierende Einsicht, daß das Alter, wenigstens das eigene, auch immer eine Glaubenssache ist. Entweder man glaubt, für Umstürze jeder Art zu alt zu sein, oder man glaubt es nicht. Kathrin hat es nicht geglaubt, und es geht ihr, soviel ich weiß, immer noch gut.

Und jetzt steh auf von Deinem Sofa und umrunde Deinen See. Aber zieh Dir ordentliche Schuhe an, hätten unsere Mütter noch gesagt. Und schreib mir wieder. Wir sollten uns wiedersehen.
Dein Christian

Ich weiß nicht, wie oft ich den Brief an diesem Tag gelesen habe um des einen Satzes willen, der leibliche Gestalt anzunehmen schien, sobald ich ihn las, so daß ich zu spüren glaubte, wie Christian P.s Hände mir das Haar am Hinterkopf zusammenbanden. Mir fiel ein, daß meine Haare, würde ich sie nicht färben, grau wären und daß ich in der Vorstellung, ein vielleicht auch schon grauhaariger Mann schlinge ein Band in das graue Haar einer Frau, nur eine aus der Jugend entliehene Geste, die uns nicht mehr zustand, erkennen konnte. Trotzdem setzte allein der Satz, diese immaterielle Form einer Geste, in meinem Körper ein ebenso jugendliches, aber durchaus materielles Syndrom in Gang: Temperaturanstieg, Pulsbeschleunigung, Gesichtsröte; eine Erregung, die einer Erwartung galt; einer Erwartung, die auf nichts aus war als auf sich selbst. Ich wollte Christian P. nicht wiedersehen. Die mögliche Entzauberung durfte nicht zugelassen werden. Es sollte nichts gewünscht werden, das ausgeschlagen werden könnte, es durfte nichts entstehen, das beendet werden müßte. Und ich wollte ihn für mich allein, nicht für mich und Achim.

So hätte es Irene machen können, unsichtbar bleiben und Briefe schreiben. Sie hätte sich in der Fachliteratur einen Bohemisten aus Indien oder Australien suchen und ihm einen einfühlsamen Brief zu einem Aufsatz schreiben können, der ihn verführt hätte, ihr zu antworten, so daß sie ihm wieder hätte antworten und dabei schon eine Spur vom geraden bohemistischen Weg abweichen können, nicht zu weit, nur einen kleinen Umweg über die Musik oder die Malerei, der ihre Vorliebe preisgegeben und ihm seine entlockt hätte. Vielleicht hätte er ihr eines Tages sein Foto geschickt oder ein Buch von ihm mit seinem Foto im Klappentext und hätte ein Bild von ihr erbeten. Dann hätte sie ihm ein falsches Foto schicken müssen, das Foto irgendeiner Frau, die aussah, wie sie gern ausgesehen hätte. Vielleicht hätte der Australier oder Inder sich gewundert, warum er sie niemals auf Kongressen traf, was Irene aber mit den Reiseverboten ihres diktatorischen Staates hätte erklären können. Nur wenn er seine böhmischen Forschungen zum Anlaß genommen hätte, seiner Brieffreundin in Ost-Berlin einen überraschenden Besuch abzustatten, wäre es für Irene gefährlich geworden. Aber vielleicht hätte der indische oder australische Bohemist bis dahin schon genug gewußt von Irenes sensiblem Verstand und ihrem sanftmütigen Charakter, so daß er ihr das falsche Foto nicht nur verziehen, sondern sogar die ganze sich dahinter verbergende Not verstanden und die Korrespondenz zwischen den beiden sich fortan noch inniger gestaltet hätte. Es wäre Irene überlassen gewesen, welche Art von Erregung sie mit den Briefen hätte verbinden wollen. Sie hätte eine Liebe erleben können, wenn auch nur eine imaginierte, aber in gewisser Hinsicht war jede Liebe nichts als die Imagination einer paradiesischen Glückseligkeit, deren Urbild in uns irgendwie genetisch verankert sein muß und uns zwingt, ihrer irdischen Erfüllung nachzujagen. Das jedenfalls sagte Elli. Elli sagte auch, daß sie in Menschen, die jenseits der triebgesteuerten Jugendzeit ihre Glücksphantasien an die geschlechtliche Liebe hängten, entweder auf den Rausch programmierte Suchtcharaktere, leidverliebte Masochisten oder einfach nur romantische Idioten sehen könne. Überhaupt ertrug Elli das Wort Glück nur in seinen profansten Zusammenhängen, zum Beispiel daß man zum Glück seinen Ausweis nicht vergessen oder glücklich sein Reiseziel erreicht hatte. Sobald von Glück als zu erstrebendem oder gar erreichbarem Seelenzustand die Rede war, schien Elli peinlich berührt, als hätte jemand von einer unappetitlichen Krankheit oder seinen sexuellen Obsessionen gesprochen. Und Glück als die Frucht rauschhafter Liebe war für Elli nichts als Autosuggestion und Selbstbetrug, dem sich nur hingab, wer das Leben, wie es nun einmal war, nicht ertragen wollte. Niemand, der kein Kind mehr sei, dürfe einen anderen Menschen für das eigene Wohlbefinden in Haftung nehmen, meinte Elli. Sie hätte zu keiner Zeit ihres Lebens geglaubt, daß der Mensch einen Anspruch auf Glück hätte, und schon gar nicht sei ihr die Idee gekommen, der Weg durch das irdische Jammertal ließe sich durch die Liebe versüßen. Zu mir sagte sie, daß ich glücklicherweise vernünftiger lebte, als ich redete. Über derartige Dinge sprach Elli nicht einfach, sondern sie gab Erklärungen ab, wobei sie aussah wie ein Kind, das Ärztin oder Lehrerin spielt. Manchmal setzte sie, während sie sprach, sogar ihre

Brille auf, obwohl sie gar nichts lesen oder vorlesen wollte. Vielleicht hatte Elli wirklich schon immer anders gefühlt als ich und die meisten anderen, obwohl sie damals, als Meier nach zweijähriger Ehe ohne ein klärendes Wort in einer Nacht von Sonnabend zu Sonntag einfach ausgezogen war und Elli mit rotgeäderten Augen zwischen Kekskrümeln im ehelichen Bett saß und immer wieder auf Meiers nun überflüssiges Kopfkissen einschlug, nicht anders ausgesehen hatte als andere, denen ein Traum zerborsten war. Das war nur Wut, sagte Elli, wenn ich sie daran erinnerte. Wahr ist aber, daß sie nach der kurzen Ehe mit Meier niemals mehr versucht hat, ihr Leben mit dem eines Mannes dauerhaft zu verbinden. Seitdem duldete Elli nur noch Männer in ihrer Nähe, mit denen ein Zusammenleben nicht vorstellbar war, weil sie tranken oder eine Frau und drei Kinder hatten oder in Grönland lebten oder von Elli ernährt werden wollten. Sie verschwanden aus Ellis Leben so unspektakulär, wie sie sich darin eingefunden hatten, ohne mehr zu hinterlassen als die eine oder andere Anekdote. Seit einigen Jahren hatte Elli es aufgegeben, ihrer Sammlung von Unmöglichkeiten weitere hinzuzufügen. Das Kapitel sei für sie beendet, endgültig, sagte Elli, und es fehle ihr an nichts.

Als ich vom Markt kam, sah ich schon von weitem Achims Auto in der Einfahrt stehen, und meine Hände begannen zu zittern, weil ich dachte, Laura müsse etwas zugestoßen sein. Einen anderen Grund für Achims Besuch konnte es nicht geben. Noch am Abend zuvor hatte er auf meine Frage, ob er am Wochenende nicht nach Basekow kommen wolle, nur geantwortet: Unmöglich.

Das Haus war nicht verschlossen, in der Küche brannte Licht, und in meinem Bett schlief Laura, mein Kind; wenn sie schlief, war sie wieder nichts als mein Kind, als wischte ihr der Schlaf den angestrengten Kampf um das Erwachsenwerden aus dem Gesicht. Ich zupfte an der Decke, ein unsinniger Reflex, weil Laura bis zum Kinn eingehüllt war, betrachtete lange ihr Gesicht und konnte, jetzt im Schlaf, keine Veränderung darin finden. Wir hatten uns fast drei Monate nicht gesehen, und obwohl Laura schon vor vier Jahren ausgezogen war, gewöhnte ich mich schwer daran, daß sie nicht mehr zu mir gehörte. Sie war immer mehr meine Tochter gewesen als Achims, auch wenn wir uns weder äußerlich noch im Temperament ähnlich waren. Laura hatte etwas Wildes und Furchtloses an sich, das sie, wie Achim behauptete, von seiner Mutter geerbt hätte, die bei einem Autounfall ums Leben gekommen war, lange bevor Achim und ich uns kennenlernten. Manchmal glaubte ich in der Art, wie Achim seine Tochter ansah oder ihr zuhörte, seine Irritation zu erkennen, als drängten sich halbvergessene Bilder zwischen ihn und sie. Je älter Laura wurde, umso ähnlicher wurde sie den Fotografien ihrer Großmutter und umso befangener erschien mir Achims Umgang mit ihr. Er widersprach ihr fast nie, auch nicht, wenn sie seinen Widerspruch einforderte, indem sie Behauptungen aufstellte, von denen sie wußte, daß sie falsch waren, und die sie, wenn Achim schwieg oder nur lachte, lauter wiederholte oder grotesk ausmalte, und wütend wurde, wenn Achim ihr nur zusah wie einer Schauspielerin oder, was Laura nicht wußte und ich nur ahnte, der jugendlichen Wiedergängerin seiner Mutter. Vielleicht hatte Laura ihr anarchisches Wesen wirklich von Achims Mutter geerbt, obwohl ich wünschte, daran meinen Anteil zu haben. Alles Unbändige und Aufbrausende, an dem es mir seit jeher gemangelt hatte und das ich an meiner kleinen Tochter entdeckte, bewunderte ich und nahm es als eine nachträgliche Vervollkommnung meiner selbst oder besser: als eine Entschädigung für mein eigenes Naturell, das ich immer als zu zahm, zu willenlos, zu wenig vital empfunden hatte, ohne daran etwas ändern zu können. In Laura wuchs das Mädchen heran, das ich hätte sein wollen. Ich mußte mich oft zwingen, sie nicht zu mäßigen, wenn mir ihre Unternehmungen zu waghalsig und ihr Ehrgeiz zu hochfahrend erschienen und ich zugleich wünschte, daß sie so bleiben würde, waghalsig und lieber hochfahrend als ergeben. Als sie mit sechzehn Jahren eine Radtour mit zwei Jungen aus ihrer Klasse quer durch Deutschland machte, schlief ich fast keine Nacht, obwohl Laura an jedem Abend um acht Uhr anrief, um mich zu beruhigen. Mit siebzehn ging sie als Austauschschülerin nach Pretoria. Sie hätte nach London gehen können, nach Lissabon oder nach Amerika, aber sie wollte nach Südafrika. Wir nahmen einen Kredit auf und ließen sie ziehen. Ich gewöhnte mich allmählich daran, daß Laura immer wiederkam, auch wenn mich nachts wirre Phantasien heimsuchten, so daß ich mein Kind manchmal schon verloren geglaubt hatte.

Laura schlief bis zum Abend. Als sie mich umarmte, fiel mir ein, daß mich lange niemand mehr umarmt hatte und wie schnell das Leben einen Sinn bekommt. Ich weiß genau, daß ich diese beiden Gedanken im Kopf hatte, als ich Laura im Arm hielt und immer noch sonderbar fand, daß sie größer war als ich.

Wolltet ihr nicht erst in zwei Wochen kommen, hast du Hunger, wie war der Flug, warum hast du nicht angerufen, ich hätte einen Fisch besorgt, oder eine Ente, seit wann bist du schon da?

Laura lachte. Mama, du redest wie eine Mutter im Film. Mach doch Bratkartoffeln.

Ich stand am Herd, und Laura erzählte Geschichten. Wie sie in einem Kaff in der Nähe von Chicago zum Supermarkt fuhr und, als sie aus dem Auto stieg, plötzlich von einem Sturm gepackt wurde und Mühe hatte, sich am Boden zu halten, bis ein Schwarzer kam und sie in die Einkaufshalle schleppte, und wie sie ihn, als der Tornado vorbei war, aus Dankbarkeit fragte, ob sie ihn nach Hause fahren solle. Was an sich schon dumm war, sagte Laura. Im Auto stellte sich heraus, daß er nicht weit weg wohnte und bei der Armee gewesen war, in Frankfurt, und dort eine Freundin hatte, die blond war und Heidi hieß. Hörst du, sagte Laura, blond, Heidi und Frankfurt, die Klischees stimmen alle. Ich war so nervös, sagte Laura, daß ich, als er sagte, nehmen Sie die rechte Fahrspur, die linke nahm, und er sagte immer wieder, no, the right one, the right one, stutzte dann plötzlich, weil er etwas laut geworden war, und sagte, oh, entschuldigen Sie bitte, Sie sind ja aus Deutschland. Ich mußte so lachen, das war wirklich amerikanische Höflichkeit und sweetness. Und ich sagte ihm dann, daß in Deutschland links auch links ist und rechts auch rechts. Du lachst ja gar nicht.

Am Telefon hast du nichts erzählt von einem Tornado.

Da war er doch längst vorbei.

Warum seid ihr denn früher zurückgekommen?

Ich bin zurückgekommen, Alex ist noch in Santa Fe.

Ehe ich weiterfragen konnte, sah Laura mich an und sagte: Später, ja?

Sie aß die Bratkartoffeln, und ich sah ihr dabei zu. Sie wirkte nicht unglücklich, nur erschöpft und angespannt. Vielleicht hatten sie die Nähe nicht ausgehalten; drei Monate, jeden Tag und jede

Nacht, immer nebeneinander in ein paar Kubikmetern Auto konnten zu einem Blick in die Zukunft geraten. Aber darüber hätte sie sprechen können. Ich fragte nach allen Städten, aus denen sie mir geschrieben hatte, bemüht, meine Ungeduld zu verbergen. Vielleicht war sie ein bißchen blaß, aber das war sie fast immer. Zwei- oder dreimal holte sie tief Luft, ehe sie den Mund öffnete, seufzte dann aber nur leicht und sagte etwas von langem Flug und Jetlag. Es mußte etwas sein, worüber sie mit Achim nicht sprechen wollte, dachte ich, und im selben Augenblick wußte ich, sie bekam ein Kind; und wenn es ihr so schwerfiel, darüber zu sprechen, wollte sie es wohl nicht haben.

Viel später sagte sie es. Wir saßen in der oberen Etage wie auf einem Schiff im dunklen Meer. Wenn wir nicht sprachen, war nichts zu hören als das leise Ächzen der Korbsessel. Ich bin schwanger, sagte sie, aber ich will jetzt kein Kind, jetzt nicht.

Ich wußte nicht, ob sie meinen Widerspruch erwartete oder meine Zustimmung. Und Alex? fragte ich.

Was hat Alex damit zu tun? Ich bin schwanger, nicht Alex.

Aber er ist der Vater?

Was heißt: er ist der Vater? Lauras Stimme klang

schrill und feindselig. Wenn ich es ihm nicht gesagt hätte, wüßte er gar nichts davon. Nur weil ich so blöd war, es ihm zu erzählen, glaubt er, es sei ebenso seine Entscheidung wie meine. ›Es ist auch mein Baby‹, das ist ein Kitschsatz aus jeder zweiten amerikanischen Fernsehserie. Es ist überhaupt noch kein Baby und schon gar nicht seins. In diesem Stadium gibt es weder Mütter noch Väter, sondern nur schwangere Frauen.

Vielleicht würdest du gar nicht leben, wenn ich damals so gedacht hätte, sagte ich.

Na und, dann könnte ich auch nichts bedauern. Irgendein anderer Mensch wäre dein Kind, das wäre alles.

Laura war sechs Jahre alt, als Achims Vater starb. Auf der Heimfahrt von der Beerdigung lag sie, fast schlafend, in meinem Arm und sagte: Kinder sind aber nicht traurig, wenn Erwachsene sterben. Ihre kindliche Resistenz gegen jegliche Sentimentalität hatte sie bis jetzt nicht verloren. Ich fühlte mich hilflos und wußte nicht, warum. Es war Lauras Entscheidung, bei der, wie immer sie ausfiel, ich ihr zu helfen hatte, sonst nichts. Laura war siebenundzwanzig, und seit ein oder zwei Jahren hatte ich manchmal daran gedacht, wie es wäre, wenn sie ein Kind hätte; vielleicht hatte ich mir aber auch nur vorgestellt, wie es wäre, wenn ich ein Enkelkind hätte, mit dem ich nach Basekow fahren könnte wie früher mit Laura, mit dem ich vielleicht sogar angeln würde, wozu mir damals immer die Geduld gefehlt hatte.

Laura zog die Ärmel ihres Pullovers bis über die Fingerspitzen, die langen Haare verhängten ihr Gesicht. Sie erwartete etwas von mir, aber ich wußte nicht, was. Ich könnte dir helfen, sagte ich.

Sie schüttelte den Kopf. Ich will nach Amerika, sagte sie. Ich habe mich erkundigt, es geht. Sobald ich promoviert bin, kann ich mich bewerben, und in zwei Jahren spätestens könnte ich anfangen.

Ich könne sie doch jederzeit besuchen, sagte sie, und das Telefonieren koste nicht mehr viel, außerdem könnten wir e-mailen, ich müsse nur meinen albernen Widerstand gegen die Technik aufgeben.

Ja, natürlich, sagte ich, dann werde ich es eben lernen, dieses E-mailen.

Es mußte mehr falsch sein in meinem Leben, als ich bis dahin ohnehin schon geglaubt hatte, wenn die Mitteilung meiner erwachsenen Tochter, sie wolle nach Amerika ziehen, mich ins Bodenlose fallen ließ.

Laura war müde, vielleicht auch verlegen angesichts meiner Sprachlosigkeit und ging früh zu

Bett. Ich setzte mich an den Schreibtisch, las noch einmal den Brief von Christian P., legte John Dowland auf, *My thoughts are wing'd with hopes,* und schrieb:

Lieber Christian,

es gibt Nachrichten, die treffen dich wie eine Axt. Laura geht nach Amerika, zwar erst in zwei Jahren, aber ich komme mir jetzt schon verwaist vor. Wenn man an keine andere Unsterblichkeit glauben kann als die der Gene, unsere Gene aber über den Atlantik ziehen und überdies keine Zeit mehr haben, sich fortzupflanzen, wenn wir zurückbleiben ohne Kinder und Kindeskinder und unsere Unsterblichkeit gestaltlos wird, nur noch eine Stimme oder elektronische Zeichen im Computer, was soll uns dann noch trösten? Ich habe nie daran gedacht, daß Laura weiter fortziehen könnte als in eine andere deutsche Stadt, höchstens nach London oder Paris, eineinhalb Stunden mit dem Flugzeug. Dabei hätte ich es ahnen können. Laura hat ein sportliches Vergnügen am Erfolg. Sie will es schwer haben und trotzdem siegen. Als sie zum ersten Mal aus Amerika zurückkam, sagte sie, die Deutschen hätten keinen Stolz. Achim wollte ihr erklären, warum sie den durch ihre Geschichte erst einmal verspielt hätten, aber Laura unterbrach ihn, sie wisse das alles und meine es überhaupt nicht politisch, sondern persönlich; und persönlich hätten die Deutschen keinen Stolz. Sie wehrten sich nicht, wenn sie beleidigt würden, sondern beklagten sich. Statt ihre Niederlagen zu akzeptieren, beschuldigten sie ihre Eltern oder Lehrer, darum könnten sie auch ihre Erfolge nicht feiern und die von anderen schon gar nicht. Die Amerikaner, sagte Laura damals, seien stolz, weil sie ihre Niederlagen genauso verantworten wollen wie ihre Siege. Ich erinnere mich so gut daran, weil Achim und ich uns später noch gestritten haben. Ich gab Laura recht, und Achim sagte, der Handlungsspielraum des Menschen zwischen seinen Anlagen und unverschuldeten Prägungen sei so gering, daß jemand, der für seine Erfolge persönlichen Stolz empfinde, ein Idiot sein müsse. Das war vor vier oder fünf Jahren. Seitdem wünschte Laura sich zu Weihnachten und Geburtstagen nur noch Geld und flog jedes Jahr nach Amerika. Die Idee, daß sie einmal für immer abreisen würde, war mir nie gekommen. Im Gegenteil, ich habe schon von einer Zukunft mit Enkelkindern geträumt. Enkelkinder sind wohl die einzige natürliche Leidenschaft, die das Alter uns zugesteht. Es ist Nacht und ich sehe vielleicht zu schwarz. An unserem großen Himmel ist heute kaum ein Stern zu finden. Wäre ich jetzt in der Stadt, käme mir mein Leben wahrscheinlich weniger widernatürlich vor. Wenn Laura in Amerika lebt, wird sie irgendwann auch das Haus verkaufen. Es war schön zu denken, daß sie später darin leben würde. Warum erzähle ich das alles Dir und nicht Achim?

Den nächsten Brief schreibe ich Dir am Tag und wenn die Sonne scheint. Bis dahin sei gegrüßt und umarmt von Deiner Johanna

Ich schlief erst ein, als der Morgendämmer sich allmählich durch den Nachthimmel drängte und ich sicher war, daß es wieder Tag werden würde.

Karoline klang, als hätte sie seit Stunden auf die erste Minute gewartet, in der sie es wagen durfte, jemanden, in diesem Fall mich, anzurufen. Es war zwei Minuten nach neun. Ob ich nicht gleich zu ihr kommen könne, fragte sie, sie hätte eine horröse Nacht hinter sich, absolut horrös. Daß etwas horrös sein konnte, wußte ich nur von Karoline. Igor käme erst am Nachmittag, um sie abzuholen, weil sie beide nach Moskau fliegen würden, schon morgen, nein, übermorgen, wegen der Galerie, Igors neuer Galerie, sie müsse aber sofort mit einem vernünftigen Menschen sprechen, weil sie sonst verrückt würde, wenn sie nicht schon verrückt sei. Bestimmt sei sie längst verrückt, und darum müsse ich ihr helfen, jetzt gleich.

Ich hätte noch geschlafen, sagte ich, außerdem sei Laura da, die immer noch schliefe und mit der ich frühstücken wolle.

Leg ihr einen Zettel hin, sagte Karoline, bitte. Ihre Stimme vibrierte, als unterdrücke sie ein Weinen, jedenfalls sollte ich glauben, sie unterdrücke ein Weinen. Wenn sie aufwacht, fährst du gleich wieder rüber, oder Laura kommt her. Ich muß mit einem vernünftigen Menschen sprechen, Johanna, bitte.

Karoline begann wirklich zu weinen. Ich putzte mir die Zähne, zog mich an und hinterließ eine Nachricht mit Karolines Telefonnummer für Laura.

Sieh mich nicht an, sagte Karoline, raffte mit der einen Hand den Bademantel vor der Brust, mit der anderen beschirmte sie ihre Augen und wendete sich ab, ohne mich zu begrüßen. Die Vorhänge im Zimmer waren geschlossen, nur die Lampe auf dem Sekretär brannte. Überall, auf dem Sofa, auf Stühlen und Tischen lagen wie Spielkarten aufgefächerte Papiere. Mein Testament, sagte Karoline und fuhr mit einer weiten, mitten im Schwung verzweifelt abbrechenden Geste über den Wust. Schrecklich, ich bin vollkommen wahnsinnig. Sieh mich nicht an. Ich hol den Kaffee. Und das vor jeder Reise, schrie Karoline aus der Küche, jedesmal, die ganze Nacht. Ich bin verrückt.

Ich setzte mich an den Tisch und warf einen Blick auf die obere Seite eines der Papierbündel: *Zwei franz. Fayencen, Tasse und Untertasse mit floralem Dekor für P. Eigen.* Dahinter stand ein Fragezeichen.

Gallé-Vase 25 cm, signiert, für H. Kleinschmidt. Kleinschmidt war durchgestrichen und durch *E. Grünstein* ersetzt.

Zwölf Obstteller, Jugendstil und passende große Obstschale, Schreibtischlampe, Jugendstil, Glasschirm grünrosa für R. Mönch.

Karoline stellte den Kaffee auf den Tisch. Gieß du ein, mir zittern die Hände.

Sie sah mir über die Schulter. Glasschirm grünrosa für R. Mönch, sagte sie, warum mache ich das? Kannst du mir das sagen? Und die Kleider, die Kleider. Das entzückende Kenzo-Kostüm, ein Vermögen, das sollte Sabine bekommen, und jetzt ist sie zu dick geworden. Mein Gott, warum mach ich das?

Ja, warum? fragte ich.

Für dich ist das rote Sofa, sagte Karoline. Oder willst du es nicht? Gefällt es dir nicht? Es hat einen wundervollen Bezug.

Setz dich hin und trink Kaffee, sagte ich, und erklär mir, warum du das machst.

Weil ich verrückt bin, sagte Karoline und ließ sich

kraftlos auf einen Stuhl fallen, weil ich … sieh mich nicht an, weil ich Flugangst habe und weil ich nicht weiß, was mit all dem passieren soll, hier ist ja noch das wenigste, aber die Wohnung in Berlin, nur schöne Sachen, in dreißig Jahren zusammengetragen, soll ich das alles dem Kinderhilfswerk vermachen? Ich habe nicht mal Neffen oder Nichten. Und das Haus, was soll aus dem Haus werden?

Wem hast du es denn heute nacht gegeben?

Egal, ich habe es allen wieder weggenommen.

An diesem Morgen wußte ich, wie Karoline als Kind ausgesehen hatte. Durch ihr ungeschminktes, vor Müdigkeit entspanntes, wenn auch ein wenig schlaffes Gesicht schien wie vom Grund eines Sees Karolines bekümmertes Kindergesicht. Sie drehte sich mechanisch eine Haarsträhne um den Zeigefinger. Stell dir vor, wenn hier wildfremde, raffgierige Leute alles zerfleddern. Schrecklich. Aber wahrscheinlich stürze ich gar nicht ab, sondern bin in einer Woche wieder da und alles war umsonst, bis zum nächsten Mal. Du hast das Problem nicht, du hast Laura.

Ich wußte nicht, warum Karoline kein Kind hatte, ob sie es nicht gewollt oder ob es sich nicht ergeben hatte; ich wußte auch nicht, ob sie es, abgesehen von der posthumen Aufteilung ihres Eigentums, bedauerte. Sie müsse sich einen Erben suchen, sagte ich, jemanden, der jünger sei als sie und den sie gern habe. So jemand wisse doch gar nicht, wer was bekommen solle, sagte Karoline, und das Haus würde er wahrscheinlich auch nur verkaufen, am Ende sei alles nur Geld und von ihrem Leben nichts übrig als Geld. Ich sagte, daß Laura ja vielleicht auch nur alles verkaufen würde und daß ich manchmal, wenn ich Laura beobachtete, das Gefühl hätte, sie baue in Gedanken schon das Haus um oder richte es anders ein oder taxiere seinen Wert, und daß ich, wenn ich mir ausrechnete, wie alt sie sein würde, falls Achim und ich statistisch korrekt das Zeitliche segneten, ein schlechtes Gewissen hätte, weil das Haus, so gesehen, eigentlich nur taugte, um Lauras Rente aufzubessern.

Das würde mich verrückt machen, wenn jemand vor meinen Augen mein Haus umbaut oder umräumt, sagte Karoline, so oder so werde ich verrückt.

Warum? Wenn du tot bist, merkst du doch nichts.

Aber vorher. Und wenn ich vorher weiß, daß es hinterher so sein wird, werde ich eben, ach, du weißt schon. Alle diese Dinge sind doch nicht irgendwas, nichts Zufälliges, sondern absichtsvoll um mich versammelt. Sie sind mein materialisiertes Leben. Wenn ich weg bin, sind sie noch da, und damit bin ich auch noch da.

Von dir bleiben immerhin deine Bilder, von mir bleibt nichts. Außer Laura.

Ja, glaubst du?

Was?

Daß meine Bilder bleiben.

Du nicht?

Es gibt so viele.

Karoline sah mich an und duldete sogar, daß auch ich sie ansah. Unerträglicher als die Blöße ihres übernächtigten Gesichts erschien ihr wohl die Aussicht, ich könnte sie mit dem Angebot ihrer Bedeutungslosigkeit einfach allein lassen.

Aber das Museum of Modern Art, sagte ich; Karoline winkte ab, in dessen Depots vermoderten viele, sagte sie, außerdem hätten sie noch nichts gekauft, eigentlich hätte sich ihr nur jemand vorgestellt, der behauptete, für das Museum Ausstellungen zu besuchen. Sie stützte die Ellbogen auf den Tisch und preßte die Handballen gegen die Schläfen, so daß ihr Kopf zwischen den Fäusten hing wie in einem Schraubstock. Damals, sagte sie, damals ..., sie schüttelte den Kopf, als fände sie keinen Satz für den Gedanken, der mit ›damals‹ begann, oder als wollte sie ihn mir doch lieber nicht verraten. Ich fühlte mich unbehaglich in der Rolle, die Karoline mir zugewiesen hatte und die mir, wie ich fand, nicht zustand. Ich wußte zu wenig von dem Leben, in dem Karoline jetzt unglücklich war, und wären wir in Berlin gewesen, hätte sie bestimmt nicht mich angerufen, sondern jemanden, der sie schon gekannt hatte, als sie jung war, eine Junge Wilde, oder der die Zeichen großer und kleiner Erfolge deuten konnte. Daß unser Verhältnis, wie ich es immer empfunden hatte, plötzlich umgekehrt sein sollte und ich, die ich mich hatte fragen müssen, ob ich Karoline nicht beneidete, ihr nun raten und sie trösten sollte, kam mir falsch vor.

Damals, was ist mit damals? fragte ich.

Was ist mit damals, wiederholte Karoline, zog den Kopf zwischen die Schultern und zündete sich langsam eine von meinen Zigaretten an. In der Heizung explodierte ein Geräusch, als hätte jemand im Keller mit einem Spaten gegen die Rohre geschlagen. Was ist mit damals, sagte sie noch einmal, komischer Satz. Sie lachte, eigentlich atmete sie nur mit einem kleinen Holpern aus. Damals dachte ich ..., aber das muß jeder glauben, der damit überhaupt anfängt, sonst wird er nicht einmal das, was er werden kann, verstehst du, wenn du nicht nach den Sternen greifst, schaffst du es nicht mal bis zur Dachrinne.

Aber du hast Erfolg, sagte ich, obwohl ich wußte, daß es ihr jetzt nicht um den Erfolg ging. Ich hätte ihr gern etwas gesagt, das sie hätte trösten können, daß ihre wunderbaren Bilder jedes Opfer wert waren oder daß die Welt von ihr noch sprechen würde, wenn ihr Haus längst pulverisiert unter einem neuen Haus begraben wäre. Aber du hast Erfolg, sagte ich statt dessen, es klang abweisend, ein finales Geräusch wie das Zuschlagen einer Tür.

Karoline stand auf. Du meinst, ich sollte zufrieden sein, ja? Weil ich Ausstellungen habe und Bilder verkaufe? Kleinformatiges aus der Sprühdose für die gehobene Melancholie. Ich kenne meinen Erfolg genau, meine Liebe. Damals habe ich vom Olymp geträumt, ich, die Schwester von van Gogh oder Picasso oder wenigstens von Georgia 0'Keefe, das ist mit damals.

Sie holte aus der Küche eine halbvolle Flasche Sekt und zwei Gläser.

Mein Erfolg reicht für die Tage, sagte sie, an manchen macht er mich sogar glücklich, aber für die Nächte, wenn du wach liegst und einen Sinn hast für kosmische Entfernungen und wenn du schrumpfst zu weniger als einem Punkt, zu einem schwerelosen, unsichtbaren Nichts im Durchflug und dir nichts mehr wünschst, als daß jemand dich berührt oder sich berühren läßt, damit du weißt, daß du wirklich da bist, dafür reicht er nicht.

Das Ende des Satzes verschwamm in einem feuchten Weinen. Ich griff nach ihrem Arm, aber sie entzog sich. Nur Selbstmitleid, blödes, kindisches Selbstmitleid, sagte sie, leerte ihr Glas in einem Zug, verschluckte sich und lief hustend ins Bad. Ich zog die Vorhänge auf und öffnete ein Fenster. Draußen war es so still wie an einem Sonntag. Über der kurzgeschorenen, von halbentlaubtem Gehölz gerahmten Rasenfläche hingen letzte Schwaden des Frühnebels. Ich legte eine Klaviersonate von Schubert auf und wartete. Als das Telefon klingelte, hob ich ab, weil ich dachte, Laura riefe an, aber es war Igor, der nur ankündigen wollte, daß er schon unterwegs sei, was ich Karoline bitte ausrichten möge. Kurz darauf kam Laura, die inzwischen ausgeschlafen hatte und mit uns frühstücken wollte. Vor allem kam sie wohl, um Karoline zu treffen, die, seit wir sie kannten, zuerst Lauras Neugier, später sogar ihre Bewunderung geweckt hatte. Ich wußte nicht genau, ob sie Karolines Malerei oder mehr ihre Weltläufigkeit und Eleganz schätzte. Auf jeden Fall zählte sie Karoline eher zu ihrer, Lauras,

Welt als zu meiner. Als sie ihre Reise durch Amerika plante, stattete Karoline sie mit Adressen aus und Ratschlägen für den Autokauf und -verkauf, erklärte, was sie unbedingt sehen und dringend meiden müsse; in zwei Städten vermittelte sie sogar die Übernachtung. Für Laura gehörte Karoline zur Welt des Risikos und des Spiels, der Siege und Niederlagen, in der wir, Achim und ich, wenn überhaupt, nur unfreiwillig spielten und auch nur um die letzten Plätze. Es mochte sein, daß Laura uns gerade dafür liebte, aber natürlich nicht bewunderte.

Karoline, inzwischen im hasenfarbenen Wollanzug, frisiert und geschminkt, blieb in der Tür stehen, legte den Kopf schräg und breitete die Arme aus: Laura, Schätzchen, ich freu mich. Laura lief auf sie zu, sie umarmten sich, während ich aufstand, um das Fenster zu schließen und so den beiden den Rücken zuzukehren für den Fall, daß in meinem Gesicht zu lesen war, was ich gerade dachte. Für Karoline hatte augenscheinlich der Tag begonnen, und ihre aufgelöste, weinende Doppelgängerin hatte sie wie eine Spukgestalt im Schlafzimmer zurückgelassen. Will jemand Spiegelei? Soll ich noch einmal Kaffee kochen? Wie war Amerika, Laura, hast du George getroffen?

Karolines Anwesenheit schien Laura zu inspirieren, sie erzählte von ihrer Reise wortreicher und pointierter als am Abend zuvor für mich. Ich wußte auch nicht, wer George war.

Als Laura aufstand, um sich Kaffee nachzugießen, rief Karoline: Mein Gott, bist du schlank, komm, komm mal mit. Ich hörte, wie die beiden die Treppe hinaufstiegen und Schranktüren geöffnet wurden. Nach ein paar Minuten kamen sie zurück, Laura in einer knappen hüftlangen Lederjacke und mit einem schlauchartigen roten Jerseykleid über dem Arm.

Den einen oder anderen Ehrgeiz müsse man mit der Zeit doch aufgeben, sagte Karoline und strich mit den Händen über ihre Hüften. Laura drehte sich vor mir: Guck doch mal, Mama. Schön, sagte ich, wirklich schön, und Karoline betrachtete Laura wohlgefällig wie ihr eigenes Geschöpf. Als ich die letzte Zigarette vor unserem Aufbruch ankündigte, entschied Karoline, daß wir unbedingt auf Igor warten müßten oder ob ich Laura diesen wunderbaren Russen etwa vorenthalten wolle.

Igor kam später als erwartet und war schlecht gelaunt. Die Autobahn würde nun fast schon so lange repariert, wie Hitler überhaupt an der Macht gewesen sei, sagte er noch im Flur, und das bei vier Millionen Arbeitslosen.

Verdirb die deutsche Jugend nicht, ich habe Besuch, sagte Karoline.

Igor, diesmal im Pullover über dem weißen Hemd, küßte zuerst mir, dann Laura die Hand, und ich sah verwundert, wie graziös Laura ihm ihren ledergewandeten Arm überließ, wie ihr Rücken sich bis in den Nacken streckte und sie, als Igor den Kopf wieder hob, seinen Blick aufmerksam und gelassen erwartete. Wahrscheinlich würde Achim sagen, sie hätte auch das von seiner Mutter geerbt.

Karoline öffnete noch eine Flasche Sekt, und Igor erzählte von seinem erfolglosen Besuch bei Natalja Timofejewna, die er abwechselnd auch die Fürstin nannte, weil sie behauptete, die Tochter einer während der Oktoberrevolution nach Deutschland emigrierten Moskauer Adelsfamilie zu sein. Sie hatte in Berlin einige Zeit Malerei studiert, Max Ernst und Leonora Carrington gekannt, war vor den Nationalsozialisten zuerst nach Paris geflohen, später nach Mexiko, wo sie einen deutschen Kommunisten heiratete, mit dem sie, als der Krieg vorbei war, nach Deutschland zurückkehrte, nach Ostdeutschland. Die Ehe, während des Exils für beide lebensrettend wie ein Bündnis zwischen Schiffbrüchigen, erwies sich schon nach wenigen Monaten als Mesalliance. Natalja Timofejewna, sagte Igor, sei noch heute, mit fast neunzig Jahren, anzusehen, daß sie eine auffallende Erscheinung gewesen sein müsse, vor allem ihr Profil ließe noch immer eine gewisse Kühnheit erkennen. Ihr Mann, ein gelernter Maschinenschlosser und in allen übrigen Bereichen ein gelehriger Autodidakt, müsse unter dem Hochmut der Schauspieler, Maler oder auch nur verkrachten Existenzen, die Natalja in den lebenshungrigen Nachkriegsjahren um sich versammelte, gelitten haben. Sie selbst behaupte, er hätte sie verachtet, sagte Igor, jedenfalls machte er, aus Rache oder weil er nichts anderes konnte, eine Karriere auf mittlerer Ebene bei der politischen Polizei, worauf die Künstler Nataljas Haus langsam wieder zu meiden begannen. Manche zogen auch in die westlichen Besatzungszonen oder benötigten einfach Nataljas gute Beziehungen zu russischem Wodka nicht mehr, weil sie andere Quellen erschlossen hatten. Natalja vergaß allmählich, daß sie eigentlich eine Fürstin war, die Künstlerin hatte werden wollen. Aus Dankbarkeit für seine Fürsorge während des Exils sei sie bei ihrem Mann geblieben. Vielleicht, sagte Igor, vielleicht wollte sie auch nur das sorglose Leben nicht aufgeben. Russische Frauen, da weiß man nie, sagte er.

Der Mann sei schon vor zwanzig Jahren gestorben und habe seiner Frau eine ansehnliche Staatsrente hinterlassen, die allein aber nicht das Vermögen erkläre, über das die Fürstin ganz offensichtlich verfüge. Ob sie über dunkle Kanäle an einen alten, möglicherweise vergrabenen Familienschatz gelangt sei oder ob sie ein kapitales Schmuckstück über die Zeiten gerettet und nun, da es sich wieder lohne, verkauft habe, oder ob ihr Mann vielleicht Vermögen von politischen Gegnern bei deren Verhaftung unterschlagen hätte, wisse niemand. Aber Natalja sei reich, so viel sei sicher, und seit der Grund für ihr langes Leben in der Fremde, das Sowjetreich, sich binnen weniger Monate in Nichts aufgelöst hätte, sei in ihr die plötzlich wieder brauchbare Erinnerung erwacht, daß sie eine Fürstin war, und zwar eine russische Fürstin. Jetzt hat sie endlich wieder eine Heimat und kann Patriotin sein, eine russische Patriotin, die russische Kunst fördert, sagte Igor und setzte mit einem kleinen triumphierenden Klirren die Kaffeetasse ab. Wie sehen Sie mich an? fragte er Laura, gefällt Ihnen meine Geschichte nicht? Sie halten mich für einen

Erbschleicher, aber Sie irren sich. Ich bin auch ein Patriot, alle Russen sind Patrioten, ich weiß nicht, warum, aber sie sind es. Ich bin ein Patriot der russischen Kunst.

Laura sagte, sie hätte so einen Blick, der bedeute nichts weiter, es sei ihr auch egal, wer das Geld bekäme.

Das wäre Ihnen vielleicht nicht egal, wenn sie wüßten, wer unseren patriotischen Plan vereiteln will. Die Fürstin war natürlich bis zur Zeitenwende in der Kommunistischen Partei, schon wegen ihres Mannes und der Rente. Und nun sitzen ihre alten Genossen, unter dem Vorwand, sie zu betreuen, in ihrer Wohnung herum und warten auf den Augenblick zwischen Todesangst und geistiger Umnachtung, in dem es ihnen gelingen könnte, das Vermögen der Fürstin für die Parteikasse zu retten. Seit Jahren finanziert sich die Partei aus den Hinterlassenschaften ihrer Toten, an denen es ihr beim Durchschnittsalter der Mitglieder ja nicht mangelt, das ist bekannt. In Rußland spricht man sogar schon von einigen Mordfällen.

Aber Igor, hier ist nicht Rußland, rief Karoline, und für verdächtige Testamentsänderungen braucht man einen Notar, das weiß ich genau.

Ja, und? Durch Igors geschlossene Lippen flatterte ein abfälliges Lachen. Meinst du, die haben keine Notare? Sagen Sie es ihr, Johanna, Sie kennen die Bande doch. Kaum hat die Fürstin eine kleine Herzattacke, auch nur einen Schnupfen, weichen sie nicht von ihrer Seite, bringen Suppe, kochen Tee, sitzen stundenlang am Bett und warten. Wenn sie gesund ist, kommen sie auch, um zu fragen, ob sie gesund ist. Wahrscheinlich ist der Notar schon immer dabei. Sogar einen dubiosen Neffen des Ehemannes, einen ehemaligen Geheimdienstoffizier, den Natalja zum letzten Mal gesehen hat, als er zehn Jahre alt war, haben sie aufgetrieben. Gestern haben sie zum dritten Mal verhindert, daß wir unsere Stiftung besprechen.

Karoline sagte, daß sie derartige Geschichten bisher nur über betrügerische Tierschutzverbände gehört hätte.

Na bitte, sagte Igor und zeigte uns die Innenflächen seiner Hände, als läge in ihnen der Beweis.

Wieso: na bitte?

Haben die Tierschützer schon einmal die halbe Welt regiert? Nein, sagte Igor, aber die Kommunisten. Und wenn die Tierschützer wissen, wie man zu Geld kommt, wissen es die Kommunisten erst recht.

Aber Sie wissen es auch, sagte Laura.

Igor griff nach Lauras Handgelenk. Ich hoffe, sagte er, ich hoffe. Drücken Sie mir die Daumen.

Laura zog ihren Arm zurück. Wozu brauchen Sie das Geld?

Um die Mafia zu bestechen und dann der berühmteste Galerist für russische Kunst in Deutschland zu werden, wozu sonst.

Igor will ein kleines Museum gründen, sagte Karoline, eine ständige Ausstellung über russische Künstler in Berlin, die unbekannten und vergessenen, ein wundervolles Projekt.

Igor schenkte Sekt nach, hob sein Glas und forderte uns wortlos auf, mit ihm, vermutlich auf den Erfolg seiner Unternehmung, anzustoßen. Aber danach müsse sie unbedingt ihre Koffer packen, sagte Karoline, nach der Reise würde sie in Berlin bleiben. Wir könnten ja telefonieren oder uns auf einen Kaffee treffen.

Ja, sagte ich, sonst eben bis zum Frühjahr, wie immer.

Auf dem Heimweg sahen wir Friedel Wolgast, die an einer roten Leine ihren Hund über die Dorfstraße führte. Auch wer es nicht wußte, konnte in den beiden ein ungeübtes Paar erkennen. Friedel hatte die Hand um die Leine zur Faust geballt und hielt den Arm steif gewinkelt vor dem Bauch, während der große Hund schüchtern dicht neben ihr lief, als suche er bei Friedel Beistand in seiner ungewohnten Lage. Trotzdem wirkten sie beide rührend stolz; Friedel auf ihre neue Begleitung, der Hund, weil er, vielleicht zum ersten Mal, für ein paar Minuten das Leben seiner Herrin teilen durfte. Ich hatte den Hund bisher nur im Zwinger gesehen.

Laura blieb bis zum nächsten Tag. Über ihre Schwangerschaft sprachen wir nicht mehr; wir haben überhaupt nur noch wenig gesprochen. Einmal umarmte sie mich und sagte: Guck doch nicht so. Abends wollte sie einen Film mit Katharine Hepburn sehen, den ich kannte und den ich mir ihr zuliebe noch einmal ansah. Während einer Werbepause sagte ich: Wer weiß, vielleicht wäre ich ja auch nach Amerika gegangen.

Notizen zu Wilhelmine Enke:

Erst ihr viertes Kind blieb am Leben. Empfangen, austragen, gebären, begraben; das dreimal, ehe sie fünfundzwanzig war. Und als wäre das lange her, zweihundert Jahre. Wir werden fast neunzig; zwei Menschenleben und die Schulzeit von einem dritten. Von ihren sieben Kindern wurden zwei erwachsen, nur eins überlebte sie.

(Für uns sterben die Tiere, sagt Igor.)

In den Biografien über die W. E. hinterlassen die toten Kinder keine Seelenspuren, nichts als die ungerührte Aufzählung: »drei frühverstorbene Kinder« und das »ohngetäufte Söhnlein«. Nur Alexanders Tod zählt. ›Anderchen‹, das von der Mutter wie von seinem königlichen Vater bis zur ›adoration‹ geliebte Kind, das unlösbare Bindeglied zwischen W. E. und Friedrich Wilhelm. Vielleicht wurde das Kind im Kampf um den Einfluß auf den König von den Gegnern der W. E. wirklich vergiftet. In ihrer »Apologie« deutet sie das an. Aber wie immer Alexander herangewachsen wäre, er hätte seiner Mutter lebend nicht wirksamer beistehen können als im Tod.

Wenige Tage nach Alexanders Tod hörte der König, als er mit der W. E. und der gemeinsamen Tochter Marianne durch den Charlottenburger Park spazierte, sein totes Kind nach ihm rufen. Auch Marianne glaubte, sie hätte die Stimme ihres Bruders gehört. Friedrich Wilhelm, in seinem religiösen Wahn süchtig nach Erscheinungen und Offenbarungen, war erschüttert, und die W. E. erkannte ihre Chance. Endlich wußte sie dem Geisteraufgebot der Rosenkreuzer etwas entgegenzusetzen. Was war Bischoffswerders Somnambule aus Breslau gegen den Geist Alexanders? Sie gab ihren Widerstand gegen die Berichte des Königs von Geistbegegnungen und göttlichen Zeichen scheinbar auf, bekannte sogar, neuerdings ähnliche Erfahrungen zu machen, bis sie dem König eröffnete, der Geist Alexanders sei ihr erschienen. Der König verlangte von der W. E., jede künftige Erscheinung Alexanders in einem blauen Heft genau aufzuzeichnen. Auf fünfundsiebzig Seiten erfand die

W. E. die Begegnungen mit ihrem toten Kind und dessen Botschaften an seinen Vater. Kryptische Sätze in der Manier der Rosenkreuzer, die der W. E. aus Friedrich Wilhelms Erzählungen vertraut waren und einmal mehr die Gelehrigkeit der W. E. bezeugen:

Mein Vater hat Kummer; sage ihm: Wer führte Noah aufs fremde Land? Wer gab mir Seligkeit, wer mir unterrichtete Engel, mich fortlaufend zu begleiten, zu belehren? Wer das kann, wird auch meinen Vater führen.

Oder: *Mein Vater hat bis jetzt in seinem Berufe recht getan … Nun muß er das Böse bekämpfen. Nur Kampf bringt Lohn. Freien Willen habt Ihr alle. Das muß er gleich wissen, was hier gesagt ist …*

Nach dem Tod des Königs und ihrer Verhaftung gab die W. E. zu Protokoll, sie sei, um dem General v. Bischoffswerder das Gegengewicht zu halten, veranlaßt gewesen, das Ereignis im Park von Charlottenburg zu nutzen, um des Königs Majestät gegen die schädlichen Einflüsse von anderer Seite sicherzustellen.

»Und solch Wust konnte den Herrscher trösten«, wurde sie gefragt.

W. E.: »Er verstand es nicht nur, sondern jede andere Art mit ihm zu reden, hätte ihren Sinn verfehlt.«

Wie muß man sich diesen König vorstellen? Der Herrscher von Preußen, dirigiert von rivalisierenden Geisterstimmen. In Breslau hatte sich eine Gruppe orthodoxer Mystiker um H. D. Hermes, den Propst von St. Maria Magdalena, einer armen buckligen Geisteskranken bemächtigt und präsentierte sie als Hellseherin mit direkter Verbindung zu Gott. Über die Rosenkreuzer, der Propst war seit langem mit Woellner bekannt, kam es zum Kontakt mit dem König, der bald darauf ehrfürchtig den inszenierten Weissagungen der Somnambulen lauschte und auch nicht stutzte, als diese um »eine Erleichterung der Last«, also um Geld, für ihre Gebieter bat.

»Es hat mir sehr gerührt ..., habe gewaltigen Trost empfangen«, schrieb Friedrich Wilhelm über dieses Ereignis an die W. E.

Da ließ die W. E. den Geist Alexanders auftreten.

Der irre König, glücklich über die Fülle ihm zuteil werdender Offenbarungen, unterrichtete die Rosenkreuzer über Alexanders Botschaften ebenso wie die W. E. über die Erleuchtungen der Breslauer Somnambulen, die ihm seit seiner Begegnung mit ihr zunächst in Briefen, später direkt durch Oswald, den Schwiegersohn des Breslauer Propstes, übermittelt wurden. Bischoffswerder erkannte als erster die Gefahr, die von den Geisterattacken der W. E. für die Rosenkreuzer ausging, und machte der Gegnerin über den Umweg der Somnambulen und des Königs Friedensangebote.

Du denkst recht, daß Madame Ritz (W. E.) *auch in den Plan Gottes gehört. Auch für ihr Herz hat Dich Gott mitbestimmt, um sie zum Guten zu leiten ...*, diktierten die Breslauer Magnetiseure ihrem Medium oder gleich in die für den König bestimmten Protokolle. Um die W. E. zu besänftigen, boten sie ihr sogar Hilfe in einem anderen Kampf, den gegen die Gräfin Dönhoff, Geliebte des Königs und heftige Widersacherin der Rosenkreuzer, an.

Glaube nicht, ließ die Somnambule ihren spiritistischen Botschafter in Potsdam Oswald wissen, *daß zwischen dem König und der G(*räfin) *D(*önhoff) *eine wahre Liebe ist. Diese Verbindung wird ihm jetzt vielmehr Veranlassung zu viel Leiden und Prüfungen ...*

Der Geist Alexanders erwies sich als zu stark. Die Rosenkreuzer, um nicht ihre Glaubwürdigkeit zu verlieren, ließen seine Ratschläge durch die Somnambule vorsichtshalber bestätigen. Herr Oswald aus Breslau, den der König inzwischen zum Geheimrat erhoben hatte, machte der W. E. seine Aufwartung und erzählte, der Herr Christus hätte ihn besucht.

Ich habe überhaupt den Oswald für verrückt gehalten«, sagte W. E. später.

Oswalds Karriere endete, als er, vermutlich auf Anweisung Bischoffswerders, dem König nahelegte, wieder mit seiner angetrauten Gemahlin zusammenzuleben, weil ihm so ein Prinz mit ganz außerordentlichen Gaben geboren würde. Für dieses Opfer reichte selbst die Geisterfürchtigkeit Friedrich Wilhelms nicht aus. Er brach den Kontakt zu Oswald ab.

Die restliche Breslauer Clique um die Somnambule scheiterte an ihrer Habgier. Im Namen Gottes forderten sie immer mehr Geld für sich selbst, bis die W. E. ungewöhnlich klare Worte vernehmen ließ, nämlich *daß eine wahrhaft gute Sache sich nicht mit Eigennutz vertrage*; ob sie diesmal mit eigener Stimme sprach oder im Namen Alexanders, läßt sich nicht genau ergründen, vermutlich aber doch als Botin ihres Sohnes, denn der irdischen Stimmen wenig zugängliche König zog sich von den Breslauern zurück.

Es ist schwer zu sagen, welches Motiv das stärkere war: Friedrich Wilhelm vor Schaden zu bewahren oder ihre eigene unentbehrliche Rolle für den König zu verteidigen. Vielleicht wußte sie es selbst nicht, denn was immer sie antrieb, die daraus resultierenden Taten mußten die gleichen sein. Andererseits hätten die Rosenkreuzer die W. E. nicht von Anfang an bekämpfen müssen, wäre ihnen ihr klarer Verstand und ihre unbeirrbare Loyalität gegenüber dem König nicht im Wege gewesen. Auf jeden Fall wird die W. E. geglaubt haben, einzig zum Schutz des Königs zu handeln. Ihre ungeheuerlichen Erfindungen konnten nur durch etwas Großes, Erhabenes legitimiert werden, auch vor ihr selbst. Vielleicht ist die Legende von ihrer selbstlosen Freundschaft sogar die Wahrheit, jedenfalls hat sie den König nie hintergangen und ihn auch nach seinem Tod nicht verraten.

Aber wie erklärt sich der Eindruck, die W. E. hätte ihre Geisterbotschaften mit Leidenschaft und einer für ihren eindeutigen Zweck unnötigen, ausschweifenden Fabulierlust geschrieben. Unglaublich ihr Bericht über einen Besuch an Alexanders Grab:

Um 12 Uhr vormittags kam ich in die Kirche, alles war stille. Ich ging und lehnte mich an das eiserne Gitter, welches um das Grab ist, und betete ... Auf einmal eine fremde Stimme; ich wende die Augen nach dem Grabe. Die ganze Kirche ward hell zum Blenden. Die schönsten Töne ließen sich hören und solche Harmonie ist nicht zu beschreiben. Nach dem Grabe zu aber war es so finster, solchen Erdgeruch, daß ich kaum sehen konnte. Ich rief laut auf, ach Gott, was ist das dunkel. »Du sollst es sehen, hören.« Das war die Stimme unseres Geistes. Das Grab öffnete sich mit einem Geräusch. Tief unten lag unser Kind, schon ganz aufgelöst, aber die sterbende Miene, wie wir es sahen. Ich wollte zu Tode sinken, aber von allen Seiten hielt mich eine Macht, welche stärker war. Meine Augen wollte ich wegwenden, aber unmöglich, sie mußten starr auf dem Grabe sehen. Millionen Würmer, wie durch ein Mikroskop, krochen herum. Der weiße Atlas sah aus wie ganz neu. Auf der linken Seite ein Fleck wie ein Kreuz, das war das einzige Weiße, wie Schnee und unverletzt. Darauf waren Buchstaben, die ich nicht lesen konnte. Er ist schrecklich, der Anblick. »So war alles, was im Fleische war, so wird alles sein, was im Fleische ist .... Siehe hier her.« Millionen solcher Gestalten, wie ich die Nacht sahe zum ersten August (Alexanders Todestag)... *so lieblich, wie er unsern Geist ansah, seinen Mund öffnete und eine Stimme ganz wie Harmonica ... »Ich war von Anfang an zum Schutzengel dieses Seligen bestimmt. Ich liebe ihn, werde jetzt für ihn sprechen, weil er nicht sprechen soll ...: Dessen Vater wird nichts schwerer werden. Er bekömmt Beweise. Er wird ... schauen die Verewigung. Eher tue er nichts. Jetzt ist seine Berufszeit.«*

Unser Geist (Alexander) *sah den andern an, mit*

einem Blick voll Wehmut, und der große Geist vom Anfang her (d. h. der zuerst gesprochen hatte) sagte nun zum Ewigen und Ewigen, zum Erlöser: »Gelobt sei der Dreieinige«; so klang es in der ganzen Kirche. Wie ich nach Hause gekommen bin, weiß ich nicht, und wie ich dies geschrieben, weiß ich auch nicht; es überfiel mir ein Schlaf.

Und nichts davon ist wahr; alles gelogen, ausgedacht. Aber wozu die Millionen Würmer, die Fetzen von weißem Atlas? Um Friedrich Wilhelm zu beeindrucken, der ohnehin dem Geist seines Sohnes verfallen war? Oder war es die Begeisterung der Verfasserin für das sinnliche Detail, der Rausch des Erfindens? Oder hat die Anmaßung, als Geist zu sprechen, sie doch hingerissen, ihren Freund und König das Gruseln zu lehren?

Ob die W. E., wie einige Biografen schreiben, den Einfluß der Rosenkreuzer auf die preußische Politik wirklich mindern und so Schlimmeres verhindern konnte, ist zweifelhaft. Sie hat weder das Religions- noch das Zensuredikt von 1788 und 1789 verhindern können, noch die Einsetzung der Immediatskommission, die alle aufklärerischen Tendenzen in Kirchen und Schulen bekämpfte. Friedrich Wilhelm wurde nicht erst ein Gegner der Aufklärung durch den Einfluß der Rosenkreuzer, sondern umgekehrt: weil er die Aufklärung und seinen Onkel haßte, gewannen die Rosenkreuzer Macht über ihn und Preußen. Sicher ist nur: die W. E. hat ihre Unersetzlichkeit im Leben Friedrich Wilhelms bis zuletzt behauptet, gegen die Rosenkreuzer, gegen Mätressen und gegen die öffentliche Meinung.

Nachdem Laura abgefahren war, rief ich Achim an. Es war elf Uhr vormittags, er klang verschlafen.

Habe ich dich geweckt?

Überhaupt nicht.

Ich war sicher, daß er noch geschlafen hatte, sagte aber nur, daß Laura bald kommen müßte, und Achim sagte, das sei gut, er brauche das Auto.

Wußtest du, daß sie nach Amerika geht? fragte ich.

Nein.

Sie geht nach Amerika.

Wann?

In zwei Jahren, spätestens.

Ich habe mir sowas gedacht.

Was?

Daß sie weggeht. Daß sie nach Amerika geht.

Warum?

Was sollte sie sonst machen. Sie ist Physikerin

und ehrgeizig. Und außerdem kommt sie nach meiner Mutter.

Deine Mutter war nie in Amerika.

Sei nicht albern, sagte Achim, und ich hörte am Rascheln des Bettzeugs, daß er sich umdrehte.

Macht es dir gar nichts aus, wenn sie weggeht?

Natürlich macht es mir etwas aus, aber sie ist ja noch da.

Achim gähnte, und irgendeine untergeordnete Synapse meldete mir unaufgefordert den Verdacht, daß Achim die schlaflose Nacht nicht zwingend mit Kleist verbracht haben mußte und daß ich mir, wenn ich an ihn dachte, auch etwas anderes vorstellen könnte als den gebeugten Rücken vor seinem Schreibtisch oder den Lichtkegel der Bettlampe auf dem Buch in seiner Hand oder Achim am Küchentisch, die Zeitung lesend, während er blind nach den vorgeschnittenen Quadraten seines Schinkenbrots tastet. Schließlich gab es Männer, die in Achims Alter neue Familien gründeten mit jungen Frauen, von denen sie sich neue Kinder gebären ließen, so daß sie gleichzeitig Großvater in ihrer alten und Vater in der neuen Familie werden konnten.

Ich habe heute nacht von deiner Mutter geträumt, sagte ich.

Du kanntest sie doch gar nicht.

Sie hatte ein weißes Kleid an, schneeweiß und aus Atlas. Sie stand mitten im Zimmer, in blendend helles Licht getaucht, und sah mich nicht an. Sie sagte: *Die Liebe ist keine Blüte, sondern eine Wurzel tief in der Erde, sage das meinem Sohn, das muß er wissen.* Sie wollte weitersprechen, aber ich bin zu früh aufgewacht.

Achim lachte und sagte, er freue sich, daß ich mit meiner Arbeit nun doch vorankäme und daß ich, falls seine Mutter mir noch einmal erschiene, geduldiger zuhören sollte. Bis dahin wolle er über die vergrabene Wurzel nachdenken.

Eine Weile schwiegen wir, dann sagte ich, daß es nun schon ziemlich früh dunkel würde, und Achim fragte wieder nicht, wann ich endlich nach Hause kommen wolle.

Jetzt, da alle abgereist waren und den Herbst schon die kalten Gerüche des Winters durchzogen, so daß ich das Haus nur noch ungern verließ, wollte ich mich endlich ganz und gar auf meine Arbeit konzentrieren. Das Gleichnis, das ich vor einem Jahr in der Geschichte der Wilhelmine Enke erkannt haben wollte, blieb zwar verschollen, dafür gelang es mir schon hin und wieder, sie ein paar Schritte gehen zu lassen oder sie zu einer Geste zu bewegen, die für ihre Schönheit berühmten Arme auszubreiten, um derentwillen die Männer vor dem Schaufenster stehengeblieben waren, wenn sie in Paskels Laden am Schloßplatz Handschuhe probierte.

Wahrscheinlich hatte mich an der Enkeschen Biografie von Anfang an vor allem das grandiose Geisterspektakel interessiert, und das weniger, weil auch ich gelegentliche Zwiesprache mit Geistern hielt, sondern weil es so simpel und genial war wie Perseus' Trick mit dem spiegelnden Schild, in dem er den tödlichen Blick der Medusa fing und gegen sie richtete, so listig wie der Hase im Wettlauf mit dem Igel, so mutig wie David gegen Goliath und so komisch wie Kaspertheater.

An Christian P. schrieb ich:

Haben wir alle verlernt, um unser Glück zu kämpfen? Oder sind wir nur unsicher darin geworden, was unser Glück sein könnte?

Vor ein paar Tagen habe ich zugesehen, wie die Fischerin mir einen Hecht ausnahm und das kleine, von seinen Adern gerissene Herz auf das Schlachtblech legte, wo es wie wild weiterschlug, ein sinnloses einsames Herz ohne Hirn, Sinne, Körper und schlug und schlug, als hätte es den Tod seines Fisches noch gar nicht bemerkt. Die Katze fraß schon die Leber, die Fischerin schrubbte dem Hecht die Schuppen von der Haut, und daneben schlug in irrsinniger Hoffnung sein tapferes, blutendes Herz. Glaubst du, unsere Herzen schlügen auch einfach so fort, wenn man sie uns aus den Leibern risse? Wenn man es recht besieht, ist es ja so. Während unser Fleisch langsam an den porösen Knochen verfällt, tut unser idiotisches Herz, als merke es nichts, und pocht rhythmusgestört auf seinen alten Gewohnheiten herum, so vernunftlos wie dieses lebenshungrige Hechtherz.

Gestern wollte ich einen Spaziergang zur alten Friedhofskapelle in Mühlenthal machen. Von hier aus führt eine schmale, mit Feldsteinen gepflasterte und von krüppligen Bäumen bestandene Straße dorthin; links und rechts des Weges Felder, drei Windräder und ein neues, an manchen Tagen widerlich stinkendes Klärwerk. Nur zur Mittagszeit oder am Abend, wenn die Leute von der Arbeit kommen, begegnet einem während der zwanzig Minuten, die man vom einen bis zum anderen Ende der Straße braucht, hin und wieder ein Autofahrer, der sein Gefährt schonend über das bucklige Pflaster steuert und im Vorüberfahren zwei

Finger grüßend an den Mützenrand legt. Gestern überholte mich gleich hinter der Wegmündung ein rotes Auto, in dem zwei junge Männer saßen, deren kahlrasierte, rosige Schädel auf breiten Nacken die Seitenfenster des kleinen Autos ganz ausfüllten. Sie grüßten nicht, aber dann konnte ich durch die Heckscheibe sehen, daß sie sich nach mir umdrehten, und ich dachte, daß sie vielleicht zu denen gehörten, die im Sommer wie eine Legionärshorde die Wiese an unserem See besetzt hatten und das Dorf Tag und Nacht mit einer martialischen, bösartigen Musik beschallten, die in jedem, der sie hörte, Haß weckte, und sei es Haß auf diese Musik. Niemand wagte sich noch an den See. Es seien auch Kampfhunde dabei, erzählten sie im Dorf. Am vierten Tag kündigte ich Achim an, ich ginge jetzt zur Polizei. Achim bestand darauf, den Sachverhalt, den ich anzeigen wollte, vorher genau zu erkunden und trotz der Horde und ihrer Hunde schwimmen zu gehen. Ich hatte so viel Angst um ihn, daß ich lieber mitging. Sechs oder sieben kahlköpfige, dumpfgesichtige Kerle belagerten mit ihren Autos, Zelten, einem Berg leerer Bierdosen und anderem Müll die ganze Wiese und den Badesteg, so daß jeder, der sich außer ihnen niederlassen wollte, von ihnen umzingelt gewesen wäre.

Später erfuhr ich, daß ich zwei von ihnen kannte, seit sie Kinder waren; ich hatte sie nicht wiedererkannt. Achim ging wirklich ins Wasser. Ich setzte mich auf den Steg, mühsam darauf bedacht, jeden Blick auf einen der Männer zu vermeiden. Sie stellten ihre Musik für mich noch lauter, und außer den bedrohlichen Rhythmen konnte ich nun auch den Text verstehen: »Nigger, als Sklave wirst du verrecken ...« grölte eine viehische Stimme. Sonst passierte nichts, auch die Hunde waren nicht zu sehen.

Der Polizist saß im karierten Hemd und mit Hosenträgern am Amtstisch, legte sein Wurstbrot zurück in die Dose, notierte alles und sagte, man werde sich kümmern. Drei Tage hintereinander ging ich zur Polizei und fragte, warum erlaubt sei, was verboten ist. Am dritten Tag endlich fuhr eine Kolonne von drei Polizeiautos zum See. Auf dem Rückweg hielten sie vor unserem Haus und rapportierten, als wäre ich ihre Vorgesetzte. Die Horde zog ab, und Achim sagte: Die werden uns das Haus abfackeln.

Das fiel mir auf der einsamen Straße nach Mühlenthal ein, als ich den beiden specknackigen kahlen Hinterköpfen durch die Heckscheibe des kleinen roten Autos nachsah. Am Klärwerk, das etwa in der Mitte des bis ans Ende überschaubaren Weges liegt, leuchteten die Bremslichter des Autos alarmierend auf. Nur Fäkalienfuhren und Mechaniker hatten Gründe, am Klärwerk zu halten. Wenn die beiden da auf mich warteten, hätte mir kein Mensch helfen können. Ich kehrte um und lief so schnell ich konnte zurück zur Chaussee. An der Kreuzung stand das rote Auto wieder neben mir. Vielleicht war alles nur ein Zufall, aber mein Herz schlug wie wild, so wild wie das arme Hechtherz. Diese fünf Minuten Angst waren das wirklichste Gefühl, das ich seit langem hatte. Ich wußte ganz genau, woher es kam und wem es galt; es hatte einen Sinn, und indem ich ihm folgte, bewahrte ich mich möglicherweise vor großem Schaden. In der letzten Zeit kam es mir vor, als wären sogar meine Gefühle vollkommen sinnlos geworden, weil alles und jedes, worauf ich sie richtete, sich ihnen entzog. Laura braucht sie nicht mehr, Achim wohl auch nicht; und selbst das Biografienschreiben, früher ein Geysir meiner Aufregung, ist eine fast gefühllose Angelegenheit geworden. Diese Angst aber floß mir als glühender Schmerz bis in die Fingerkuppen, als hätte jemand mit dem Hammer draufgeschlagen. Vielleicht sollte ich mehr Angst haben in meinem Leben. Vielleicht muß ich etwas tun oder auch nur zulassen, wovor ich Angst habe; wie Deine Kathrin. Entschuldige, wenn ich das sage, obwohl Du mein Freund bist und ich Kathrin kaum kenne, aber ich glaube zu wissen, was sie in die Arme des finnischen Komponisten getrieben hat. Wäre sie nicht mit Dir verheiratet gewesen, sondern mit ihm, hätte sie vielleicht ihn verlassen. Diese Schläfrigkeit, Christian, die Schläfrigkeit ist es.

Ich hätte damals mit dem Biografienschreiben aufhören müssen. Wir hatten die Chance, ein ganz neues Leben zu beginnen, eins, das für uns nicht vorgesehen war und mit dem niemand von uns gerechnet hatte. Ich hätte alle Festlegungen aufheben und mein Leben neu erfinden dürfen. Ich hätte Blumenbinderin werden können oder Politikerin, Versicherungsvertreterin, ich hätte auch ein Bestattungsunternehmen gründen können wie der Parteisekretär meines alten Schallplattenverlages, der seinen Laden allerdings inzwischen aufgegeben hat und statt dessen wieder als bezahlter Funktionär bei seiner alten Partei angestellt ist. Was hätte ich als Bestattungsunternehmerin alles erfahren und erleben können; die zahllosen Varianten des Leidens und Seufzens, der Habgier und des Geizes; die Mördergruben, in die ich hätte blicken dürfen; und niemals hätte ich mich fragen müssen, ob meine Arbeit von Nutzen ist. Damals dachte ich, ein größeres Wunder als dieses würde uns nicht mehr widerfahren, und nichts, was ich noch erleben könnte, würde sich am Glück dieses ersten Jahres messen lassen. Endlich konnte ich aufhören zu kämpfen; um meine Botschaften in den Biografien, um Lauras Abitur, gegen die Wohnungsverwaltung, gegen die Post, gegen das Reisebüro, gegen die Taxifahrer, gegen die Polizei, gegen den Staat. Daß ich endlich aufhören durfte zu kämpfen, gehörte zum Schönsten. Ich habe damals vor allem das Ende dessen, was wir für ewig gehalten hatten, gefeiert und darüber wohl den Anfang vergessen. So scheint es mir jedenfalls heute.

Ich gestehe, daß ich diese Erkenntnis nicht zuletzt meinem angestrengten Werben um die Gräfin Lichtenau, ehemals Frau Ritz, ehemals Wilhelmine Enke verdanke. Weißt Du, daß sie mit fünfzig Jahren, nach ihrer Verbannung in Glogau, den sechsundzwanzigjährigen Theaterdichter Franz von Holbein geheiratet hat? Und daß sie bis ins hohe Alter, sie starb allerdings mit siebenundsechzig Jahren, eine schöne Frau gewesen sein soll? Und das bei sieben Kindern und fortwährendem

Kampf gegen die Rosenkreuzer, die Ingenheim, die Dönhoff und die Schulzky, die Verleumder und Neider.

Die Enke hat die Chance eines zweiten, unverhofften, ihr durch Geburt nicht zugedachten Lebens, die Friedrich Wilhelm ihr gab, als er in dem dreizehnjährigen Kind die Frau erkannte, die er sich zur Geliebten wünschte, mit allem, was ihr gegeben war, mit Intelligenz, Wißbegier, Schönheit, Willenskraft, gepackt und fortan mit Klauen und Zähnen verteidigt. Alles, was dieses geschenkte Leben hergab, hat sie aus ihm gesogen. Sie lernte Sprachen, reiste, eroberte sich die Kunst, Philosophie, Musik, Architektur, sie genoß und nutzte den Umgang mit Schadow, Angelika Kauffmann, Alois Hirth; sie nahm nicht nur hin, daß Friedrich Wilhelm der leiblichen Liebe zu ihr abschwor und sie mit seinen amourösen Affären traktierte, sondern sie wurde seine unentbehrliche Beraterin und Trösterin in Liebesdingen, nur um das glücklich gewonnene Leben nicht wieder zu verlieren. Vielleicht hat sie den König wirklich bis zum Ende geliebt, vielleicht hat sie auch nur nie aufgehört, ihm für sein Geschenk zu danken. Und ich? Was habe ich erobert? Ich war noch nicht einmal in Amerika. Nun werde ich schon wieder trübsinnig, obwohl ich Dir versprochen hatte, den nächsten Brief am Tag und bei Sonnenschein zu schreiben.

Du fragst, ob mir meine Geister antworten. Ja, sie antworten, aber nicht immer. Ich weiß nicht genau, ob sie streng oder scheu sind, auf jeden Fall aber sehr empfindlich und leicht zu verschrecken. Wenn ich meine Geister sprechen will, muß ich so still sein, daß ich die Luftströme im Zimmer hören kann. Natürlich muß ich intensiv an sie denken, weil sie sonst nicht wissen können, daß ich sie brauche. Aber selbst wenn ich ganz still und konzentriert bin, bleiben sie oft aus. Ich habe mich nie entscheiden können, ob ich das als Strafe für eine zu banale Lebensführung ansehen soll oder als die Ohnmacht der Geister vor meinem ungeistigen Leben. Ihre Nähe spüre ich sofort, obwohl ich sie natürlich weder hören noch sehen kann, nur die Luft schließt einen unsichtbaren, flirrenden Raum um mich und sie. Sie verständigen sich mit mir telepathisch. Plötzlich habe ich einen Satz im Kopf, der vorher nicht darin war. Daß ich die Angst suchen soll, ist auch ein Geistersatz. Ja, Christian, so beten die armen Gottlosen, andere gehen zum Therapeuten oder in die Selbsthilfegruppe. Manche schreiben auch Briefe.

Ich weiß nicht, wie lange ich noch in Basekow bleibe. Du kannst mir in jedem Fall hierher schreiben, die Post wird nachgesandt.

Deine Johanna

Eine Nachricht von Christian P. kam am nächsten Tag. Unsere Briefe hatten sich gekreuzt, und wäre sein Brief nur einen Tag früher gekommen, hätte ich ihm wahrscheinlich von dem Hechtherz, den Geistern und meiner erregenden Begegnung mit der Angst nichts mehr erzählt.

Liebe Johanna,

mein Brief kommt spät, aber ich war während der letzten Woche auf Reisen, zuletzt in Berlin, was sich kurzfristig ergeben hat, so daß ich Dich nicht mehr benachrichtigen konnte. (Warum habe ich Deine Telefonnummer in Basekow nicht?) Meine Reise hatte einen traurigen Anlaß. Ein Autor, mit dem ich lange zusammengearbeitet habe, ist plötzlich gestorben. Es war schon meine dritte Beerdigung in diesem Jahr.

In Berlin hatte ich die Idee, Achim anzurufen, aber da Du ihn in Deinen Briefen kaum erwähnst, befürchtete ich, vielleicht in eine unklare Situation zu geraten, und entschied mich lieber für das

Theater. Es war ein schauriger Abend mit viel Gebrüll, Exkrementen, umherfliegenden Plastikgenitalien und anderen Theaterrequisiten einer sich aggressiv langweilenden Generation, die als Publikum ihre Körperausdünstungen zum Bühnenspektakel beisteuerte und so nicht einmal die Nase, das ansonsten im Theater unterprivilegierte Sinnesorgan, verschonte.

Während der Jahre, in denen wir den Kontakt verloren hatten, war ich hin und wieder in Berlin, ohne viel an Euch zu denken. Ich gebe zu, ein bißchen hatte ich Euch schon vergessen. Aber diesmal habe ich Dich vermißt. Als ich am letzten Nachmittag über den Hackeschen Markt und durch die Sophienstraße spazierte, hätte ich Dich gern gefragt, ob Dir Deine Stadt jetzt gefällt oder ob Du den geheimnisvollen Reiz des Ruinösen nicht doch vermißt. Ich habe wenig wiedergefunden von dem trostlos verwunschenen Flair, das mich damals an einen surrealistischen Roman erinnert hat. (Kennst Du »Die andere Seite« von Alfred Kubin? Sonst schicke ich es Dir.) Wahrscheinlich witterst Du hinter meiner Frage nur die dekadente Sehnsucht eines des Reichtums und der Vollkommenheit überdrüssigen Bonvivant, der nach anderen Reizen für seine schönheitsmüden

Augen sucht. Die Liebe zu den Ruinen ist ja nicht neu. Nein, ich hätte in dieser verkommenen Stadt so wenig leben wollen wie Du, aber der Verfall regt die Phantasie an, während das Perfekte uns zu Benutzern, bestenfalls zu Bewunderern degradiert. Und der Eindruck, daß die Dinge, nur die Dinge, nicht altern, verdirbt mir mitunter die Laune.

Meinen liebsten Platz in Berlin habe ich auf der Friedrichsbrücke gefunden, wo die Stadt ihr Schönes, Häßliches, Lückenhaftes und Werdendes in einem einzigen Panoramablick zu erkennen gibt. Südöstlich siehst du über den Lustgarten auf den dicken Dom und Euren Palast der Republik, dahinter die beiden Türme der Nikolaikirche, das Rote Rathaus, ein Stück vom Marstall und, störrisch und unpassend, die Hochhäuser auf der Fischerinsel; nordöstlich bietet sich durch eine düstere, schmale Straßenschlucht, flankiert von Baustellen und verhangenen Fassaden, ein unbestimmter Ausblick auf die dahinterliegende Stadt, nur das rotierende Betontürmchen des Berliner Verlages läßt eine genauere Ortsbestimmung zu. In westlicher Richtung stehen im Rücken des Alten Museums, umstellt von Bauzäunen und Gerüsten, das Neue Museum und die Alte Nationalgalerie mit ihrem weiträumigen Hof und den traumhaften Kolonnaden zur Spree hin. Das Schönste aber war für mich der Blick in den Norden, den Fluß entlang und über eine große, von müden Stadtwanderern belagerte Wiese hinweg auf die S-Bahnbögen am Hackeschen Markt, auf denen jede Minute ein Zug quer durch den Himmel fuhr; darunter die Straßencafés, wo die Leute ihre Gesichter in die letzte Herbstsonne hielten. Weit hinten glühte die grüngoldene Kuppel der Synagoge. Unter allem die Spree mit bunten Kränen und anderem Gerät auf schwimmenden Plattformen, mit Dampferanlegestellen, Lastkähnen, Enten und Möwen. Das alles, während du dich einmal um dich selbst drehst und ohne auf einem Berg zu stehen. Ich hatte große Lust, selbst ein Teil dieses unordentlichen Gewusels zu sein. Vielleicht hätte ich vor zehn oder fünfzehn Jahren tatsächlich einen Umzug nach Berlin erwogen. Jetzt ist es zu spät oder zu früh. Riskante Aufbrüche stehen uns erst wieder zu, wenn wir Rentner sind. Bis dahin ist Sklavenzeit. Wahrscheinlich, liebe Johanna, ist es nur das, was uns so verdrießlich stimmt: wir können nichts mehr entscheiden. Alle wichtigen Kontrakte unseres Lebens haben wir vor langer Zeit geschlossen, auch die falschen, in deren Schlingen wir gefangen bleiben bis zum Ende, wenigstens aber bis zur

Rente. Der Beruf, die Anzahl der Kinder, der Wohnort, alles ist endgültig. Die einzige Entscheidung, die uns noch freisteht, ist die Ehescheidung als letzte mögliche Veränderung. Ich vermute, daß nur darum, weil nichts anderes mehr geht, so viele Menschen über fünfzig einander verlassen.

Aber warum, um Himmels willen, glaubst Du, die einzige natürliche Leidenschaft des Alters seien Enkelkinder? Weißt Du nichts von den unzähligen Liebestragödien in Altersheimen, von den Lastern und Süchten der Greisinnen und Greise? Trunksucht, Freßsucht, Ruhmsucht, Kaufsucht, Putzsucht, Eifersucht, Tratschsucht, Neid, Geiz, Haß, Gier. Erst im Alter können die Leidenschaften ihr reinstes Wesen gewinnen, weil sie dann endlich keinem Ziel mehr dienen müssen und kein Zwang sie behindert. Aber was ist an Leidenschaften so erstrebenswert? Was zeichnet sie vor dem Genießen aus? Die Leidenschaft verhält sich zum Genuß wie der Wahnsinn zum Denken. Wo liegt der Vorteil des Wahnsinns? Es mangelt uns nicht an Leidenschaften, wir geben uns ihnen nur nicht mehr hin, weil wir inzwischen zu viel über ihre Lächerlichkeit wissen. Sobald ich höre, jemand sei ein leidenschaftlicher Verfechter, Anhänger oder Verehrer von etwas, beschleicht mich ein tiefes Mißtrauen.

Der Verfechter einer Idee, na gut; aber der leidenschaftliche Verfechter einer Idee, das klingt gefährlich.

Aber sowieso kann ich mir nicht vorstellen, wie Du aus der anmutigen Person, an die ich mich erinnere, innerhalb einiger Jahre zu der Greisin geworden sein willst, als die Du Dich beschreibst. In jedem Brief wirst du fünf Jahre älter. Fahr wieder nach Berlin, geh auf die Friedrichsbrücke oder über die Linden und den Gendarmenmarkt. Trink bei Luther und Wegener (allein wegen des Namens) einen Kaffee oder einen Wein und denke da über Deine Gräfin nach. Vielleicht war Deine Verbannung ja gut, um die anonyme Gesellschaft der Stadt wieder genießen zu können, ganz leidenschaftslos genießen, Johanna, fahr nach Hause und schreib mir, ob Du Dich wieder verjüngst.

Bis dahin grüßt Dich herzlich Dein alter Freund Christian

Igor stand am letzten Mittwoch plötzlich vor der Tür.

Morgens hatte ich mit Achim telefoniert und angekündigt, daß ich am Freitag nach Hause kommen würde.

Hat dir der Geist meiner Mutter geraten, hier nach dem Rechten zu sehen, fragte Achim.

Sie hatte wieder das Kleid aus weißer Atlasseide an, sagte ich. Diesmal war sie traurig und sehr ernst und fragte immer wieder nach ihrem Kind. Ich weiß aber nicht, ob sie dich gemeint hat, weil sie zum Schluß gesagt hat: Warum ist mein Kind allein? Das Mädchen hat Kummer. Gehe zu ihm, schnell.

Meine Mutter ist eben klug, sagte Achim. Weil sie befürchtet, daß du allein meinetwegen nicht zurückkommen würdest, bringt sie vorsichtshalber Laura ins Spiel.

Sie meint aber dich?

Sie ist doch meine Mutter.

Und Lauras Großmutter. Und meine Schwiegermutter. Vielleicht meint sie ja mich.

Vielleicht, sagte Achim, jedenfalls kommst du zurück. Was soll ich einkaufen?

Ich sagte, was ich auf diese Frage immer antworte: Was du essen willst; und Achim sagte wie immer: Nichts; und ich: Dann kauf nichts ein.

Ach, komm erst mal zurück, sagte Achim.

Am Nachmittag brachte ich die alten Zeitungen und leeren Flaschen zum Müllcontainer ins Hauptdorf. Danach wollte ich mich von Friedel Wolgast verabschieden. An allen Fenstern waren die Jalousien heruntergelassen, der Hund zeigte sich nicht im Zwinger, und das Gartentor war verschlossen. Ich rüttelte an der Klinke, ging langsam zum anderen Ende des Zauns, wo man den Gemüsegarten einsehen konnte, fand aber nichts, was Friedels Abwesenheit beruhigend erklärt hätte. Eher ließen der rote, mit Gartenabfall gefüllte Plastikeimer zwischen den Beeten und eine vergessene kleine Schaufel auf einen ungeplanten und hastigen Aufbruch schließen. Während ich im Auto nach Stift und Papier suchte, um wenigstens einen Abschiedsgruß zu hinterlassen, kam Friedels Nachbarin mit einem mir geltenden aufgeregten Winken an den Zaun gelaufen.

Die ist beim Sohn inner Stadt, rief sie, haben Sie denn gar nischt gehört?

Das war geschehen: Am letzten Sonntag, kurz vor drei, kam der Berliner in Begleitung eines Mannes, den er als seinen Rechtsanwalt ausgab, zu Friedel Wolgast auf den Hof, gleich bis an die Haustür, und verlangte von ihr außer dem Geld für die Reifen Schadenersatz in Höhe von zweitausend Mark, die er hätte verdienen können, wenn er an dem Montag nach Friedels Reifenattentat rechtzeitig in Berlin gewesen wäre, was aber durch die nötige Reparatur an seinem Auto verhindert worden sei. Die Reifen hatte Friedel längst bezahlt, nachdem die Polizisten im Ort, von denen der jüngere Friedels Patensohn ist, und zuletzt auch der Bürgermeister ihr erklärt hatten, warum es so das beste sei und daß ihr im Fall einer gütlichen Einigung das Gericht erspart bliebe.

Aber jetzt stand der Kerl auf ihrem Hof mit einem Anwalt und wollte sie wieder vors Gericht zerren, sagte die Frau. Friedel sei außer sich gewesen und hätte den Berliner und seinen Anwalt aufgefordert, sofort ihren Hof zu verlassen. So laut hat sie geschrien, daß sie und sogar ihr schwerhöriger Mann es hören mußten. Sie sei gleich in den Garten gelaufen, sagte die Frau, weil sie glaubte, Friedel sei etwas zugestoßen, und da hätte sie gesehen, wie der Anwalt Friedel einen Brief übergeben wollte, den Friedel ihm beinahe aus der Hand geschlagen hätte, während der Nachbar, dieser Berliner, lauthals auf sie einredete. Aber Friedel schrie immer nur: Runter von meinem Hof, runter von meinem Hof. Und die ganze Zeit tobte und kläffte der Hund wie toll. Plötzlich aber rannte Friedel zum Zwinger, riß den Riegel auf und rief: Faß, Harro, faß. Der Hund, sowieso schon wild wegen der ganzen Schreierei, stürzte sich auch gleich auf den Nachbarn und biß sich in dessen Bein fest. Der Anwalt rannte, was er konnte, und der Nachbar humpelte hinterher, nachdem Friedel dem Hund einen Eimer Wasser über den Kopf gekippt und der das Bein des Nachbarn endlich losgelassen hatte.

Eine Stunde später, sagte Frau, hätte die Straße ausgesehen wie im Fernsehen, alles voller Autos, der Arzt, der Tierarzt, die Polizei, alle vor Friedels Haus. Zuerst hat der Arzt das Bein vom Berliner behandelt. Der Hund wurde eingeschläfert, mit einer Spritze, der lag dann auf dem Hof, alle viere von sich gestreckt, ganz friedlich, sogar die Augen hat der Tierarzt ihm zugedrückt, als wär er ein Mensch. Und Friedel hat so geweint, sagte die Frau, sie bekam auch eine Spritze, aber nur zur Beruhigung. Friedel sei verwirrt, hätte der Doktor gesagt, so daß sie schon befürchtet hätte, man würde sie in eine Anstalt bringen. Aber der Doktor hätte gemeint, besser verwirrt als bei Verstand. Ihr Mann hätte dann Friedels Sohn angerufen, damit der seine Mutter gleich in Sicherheit bringt. Eine Stunde später sei er gekommen, und nur darum hätte Friedel nicht ins Heim gemußt.

So isses jewesen, sagte die Frau, und wat jetzt wird, dat weiß man ja nich.

Ich bat die Frau um die Adresse von Friedel Wolgasts Sohn und nahm mir vor, wenigstens eine Karte zu schreiben.

Alles schien mich zur Abreise zu drängen.

Die Begegnung mit den kahlköpfigen Männern in dem kleinen roten Auto ließ mir meine Einsamkeit, die ich bis dahin als selbstauferlegte, mitunter quälende und gerade darum läuternde Fron empfunden hatte, plötzlich bedrohlich erscheinen.

Die Jahreszeit trieb die Leute in die Häuser. Pferde und Rinder verschwanden in den Ställen.

Die Wintersaat war ausgebracht. Natur und Mensch zogen sich zurück zum Winterschlaf und würden erst im Februar mit den Schneeglöckchen wieder erwachen.

Christian P. hatte es sogar ausgesprochen. Fahr nach Hause, schrieb er. Fahr nach Hause, als sei es nun genug mit dem Briefeschreiben und das Spiel schon aus. Aber woher hätte Christian P. auch wissen können, daß ich mir zehnmal oder öfter von ihm die Haare am Hinterkopf habe binden lassen, daß ich auf seine Briefe mit der gleichen lächerlichen Erregung wartete, die mich schon vor fast vierzig Jahren von der Schule nach Hause gejagt hatte um der Nachtigallengrüße eines mir unbekannten russischen Mädchens willen. Wie sollte er ahnen, daß ich ihn nie wieder treffen und statt dessen bis in alle Ewigkeit mit ihm Briefe wechseln wollte, wie ich es Irene hätte raten sollen, weil sie sich so hätte befreien können von ihrem gestauchten Rumpf und den zu langen Gliedmaßen und der süßlichen Ausdünstung ihres kranken Körpers. Woher sollte Christian P. wissen, daß ich im oberen Stockwerk des Hauses saß wie auf einem Schiff inmitten der sanften Hügel des Eiszeitmeeres und bei meiner Ausschau nach Land unerwartet er, Christian P., in meinen Blick geraten war und daß, wenn ich das Schiff verließe, der Ausblick sich ändern würde. Fahr nach Hause, schrieb er.

Und nun war Friedel Wolgast verschwunden. Vor ein paar Wochen erst hatte ich Friedel beneidet um die sichere Ordnung ihrer Welt, die Unrecht genau von Recht schied und ihr erlaubte, ein Stück Rasen vor ihrem Zaun mit einem Nagelbrett zu verteidigen. Jetzt stand Friedels Haus leer und der Hund, den sie gerade noch an der roten Leine über die Dorfstraße geführt hatte, war tot.

An diesem Mittwoch stand plötzlich Igor vor der Tür.

Er hätte für Karoline ein paar Bilder aus Wiesenberg geholt, sagte er, und ob ich zufällig gerade Kaffee tränke.

Ich küßte ihn zur Begrüßung auf beide Wangen, was Igor ebenso zu überraschen schien wie einen Augenblick später mich selbst, obwohl ich mir meine unerwartete Freude über den Besuch wenigstens erklären konnte.

Igor zog ein Döschen mit Kaviar aus der Jackentasche. Das schickt Ihnen Karoline.

Wie war es in Moskau? fragte ich.

Triumphal, sagte Igor, was den Amerikanern gefällt, lieben die Russen erst recht. Sie haben

Karoline gefeiert und ihre Bilder gekauft, wie es sich gehört.

Er saß mit lang ausgestreckten Beinen im Sessel und beobachtete, wie ich den Kaffeetisch deckte.

Was treiben Sie hier eigentlich die ganze Zeit so allein?

Nichts, was Russen oder Amerikaner interessieren könnte.

Sie sprechen nicht gern über sich?

Doch, eigentlich ja.

Aber nicht zu mir?

Wahrscheinlich.

Er hielt mir seine Tasse auf der Untertasse entgegen und sah mir dabei fortwährend ins Gesicht.

Ich schreibe etwas, das vermutlich keinen Menschen interessiert. Ich hatte selbst Mühe, an der Sache Gefallen zu finden.

Und warum schreiben Sie nicht etwas, das Sie interessiert?

Ja, sagte ich. Weil ich für die Dinge, die mich interessieren, nicht zuständig bin. Daran wird es liegen. Alles, was ich weiß, ist unwichtig geworden. Oder finden Sie, daß man mit Goethe oder Thomas Mann die Welt noch verstehen kann?

Igor schüttelte den Kopf und lachte. Warum wollen Sie die Welt verstehen? Verstehen Sie Ihren

Mann? Verstehen Sie Ihre Tochter? Oder mich? Man kann die Welt nicht verstehen. Und wer es versucht, wird depressiv oder verrückt. Die Deutschen wären wahrscheinlich ein ganz erträgliches Volk, wenn sie nicht immerzu die Welt verstehen wollten. Aber was haben Sie gegen Goethe? Der wußte jedenfalls, was passiert, wenn jemand unbedingt verstehen will, was die Welt im Innersten zusammenhält.

Er wandte den Blick auch nicht von mir ab, wenn er nach den Keksen griff oder in seinem Kaffee rührte. Ich schlug vor, an den See zu gehen, solange es noch hell war.

Auf dem Weg erzählte ich ihm Geschichten über die Bewohner der Häuser, die wir gerade passierten, über Frau Blumreich, die wirklich die schönsten Blumen im Dorf hatte; oder Frau Hermann, deren Mann sie eines Tages durch den Garten geführt und ihr genau erklärt hatte, wo er welches Gemüse gesät hat und was im Frühjahr unbedingt noch getan werden mußte, sich anschließend ins Bett legte und in der folgenden Nacht starb; und die Geschichte von dem Jäger, dessen auf Kehlbiß trainierter Hund die Rassekatze des Jägers totbiß, die Katze dem Hund aber vorher noch beide Augen ausschlug, so daß der Jäger ihn erschießen mußte. Die meisten der Häuser gehörten inzwischen Städtern, über die es nichts Besonderes zu berichten gab.

Der See lag in einer Mulde unterhalb des Ortes, im Sommer verborgen hinter buschigen Weiden und den silbrigen Blättern der Espen; jetzt, im Herbst, schimmerte er in der jeweiligen Farbe des Himmels durch das fast schon entlaubte Geäst. Es hieß, der See sei dreizehn Meter tief und werde von drei unterirdischen Zuflüssen gespeist, denen er sein klares Wasser verdanke, obwohl er Düstersee hieß und der verschlammte See auf der anderen Seite des Hügels Klarsee. Der alte Tierarzt, der bis vor einigen Jahren tauchend die einheimischen Seen erforscht hatte, behauptete, er sei in einem der schmalen Zuflüsse einem mannsgroßen Wels begegnet, der so dicht über ihn hinweggeschwommen sei, daß er das Wedeln der Flossen auf seinem Rücken gespürt hätte. Andere bezeugten, daß der Tierarzt damals, wie von Ungeheuern gejagt und bleich wie eine Wasserleiche, aus dem See getaumelt sei und fast eine Stunde, ohne ein Wort zu sprechen und immer wieder den Kopf schüttelnd, zwischen den neugierigen Kindern auf der Wiese gesessen hätte.

Igor blieb stehen, sah rundum in die Landschaft,

die außer ihrer Weite und den kleinen kreisförmigen Ansammlungen von Weiden, die wie Augen in den Senken der Felder lagen, wenig zu bieten hatte.

Was würden Sie denn über sich selbst erzählen? fragte er.

Nichts. Jedenfalls nichts Besonderes. Vielleicht würde ich sagen, die ist schon seit zwanzig Jahren hier, damals war sie jung, jetzt ist sie alt, so ist das Leben.

Dann würde ich fragen, ob sie immer allein ist, sagte Igor.

Nicht immer, aber oft. Manchmal kommt ihr Mann mit, immer derselbe.

Oder die Tochter, sie hat nur ein Kind.

Und macht sie immer diesen schwermütigen Eindruck?

Schwermütig?

Jedenfalls ernst, sagte Igor.

Wenn ich mich richtig erinnere, war sie früher lebhafter, sogar fröhlich. Damals kam sie auch selten allein, meistens mit Mann und Kind. Im Sommer hatten sie fast an jedem Wochenende Besuch.

Wir standen auf einem der Stege, die Angler rund um den See gebaut hatten, eine schwankende Konstruktion aus alten Autoreifen und glitschigen

Brettern. Ein Haubentaucher schaukelte auf kleinen harten Wellen im See.

Sie sollten nicht so über sich sprechen, sagte Igor.

Wie so?

So resigniert. Sonst fühlen Sie sich eines Tages wirklich so.

Woher wollen Sie wissen, daß ich mich nicht längst so fühle?

Das sehe ich. Ich will ja nicht die Welt verstehen, sondern nur, was ich sehe und höre. Und das ist in Ihrem Fall nicht das gleiche. Ich sehe etwas anderes, als ich höre.

Sie sind wirklich ein arroganter Russe, sagte ich und ging langsam zurück zum Ufer. Igor wollte wissen, was einen arroganten Russen von einem arroganten Deutschen unterscheide, und ich sagte, das hätte wohl alles mit Dschingis-Khan und der Mongolenherrschaft im dreizehnten und vierzehnten Jahrhundert angefangen, jedenfalls meine das Elli.

Sie halten mich also für einen Barbaren, dem die Verfeinerungen der westlichen Zivilisation noch bevorstehen, sagte Igor. Aber vergessen Sie nicht, daß die Barbaren die dekadenten Zivilisationen langfristig immer erobert haben. Außerdem ist Europa verloren ohne Barbaren. Alle Männer werden schwul, die Frauen wollen nicht mehr gebären, sogar die Spermien werden langsamer.

Von den Russen wurden wir schon einmal erobert, sagte ich.

Die Russen von den Deutschen auch, sagte Igor.

Ich halte Sie übrigens nicht für einen Barbaren, auch nicht für arrogant, eigentlich nicht einmal für einen richtigen Russen.

Was bleibt dann von mir übrig?

Das weiß ich noch nicht, sagte ich.

Igor klopfte sorgfältig den Sand von seinen Schuhen, ehe er das Haus betrat, dann setzte er sich an den Küchentisch, die Beine wieder lang ausgestreckt, die Arme im Nacken verschränkt, als wolle er so für den Rest des Tages sitzen bleiben. Draußen wurde es allmählich dunkel. Ich zündete mir eine Zigarette an.

Wollen Sie noch etwas essen, ehe Sie fahren, fragte ich.

Gern, sagte Igor. Warum fragen Sie mich eigentlich nicht, was ich denn sehe, wenn ich Sie ansehe?

Weil ich es nicht wissen will. Entweder ist es ärgerlich, oder es macht mich verlegen. Wollen Sie Spaghetti oder Grützwurst?

Was ist Grützwurst?

Das Gegenteil von Vitello tonnato.

Das ist ja gleich ein Salto mortale der Gelehrigkeit. Ich nehme die Grützwurst.

Ich schälte Kartoffeln, und Igor erklärte, warum die bevorstehende Eroberung Europas durch die Barbaren für Frauen wie mich ungeahnte Möglichkeiten eröffne.

Denn diesmal, sagte er, kommen sie nicht als Krieger, sondern als Glückssucher, arme, kräftige, junge Männer, die ihr Glück suchen und Frauen betrachten werden wie bisher, abgesehen von Heiratsschwindlern, nur Frauen die Männer betrachtet haben, was bedeutet, daß die Vorstellungen von Schönheit nicht mehr allein durch sexuelles Begehren geprägt werden, sondern auch von allen anderen Begehrlichkeiten. Die lieblichsten Schönheiten, sofern sie weder intelligent noch kräftig wirken, werden diesen bedürftigen Barbaren ganz reizlos erscheinen, weil sie nichts von dem verheißen, was ihnen am wichtigsten ist, Wohlstand und Aufstieg. Dann wird die große Zeit der reifen, intelligenten, gutverdienenden Frauen anbrechen.

Und Sie denken, das wird den Frauen gefallen?

Warum nicht? Den Männern gefällt es doch auch. Das ist nur eine Frage der Konditionierung.

Während ich das Sauerkraut und die Kartoffeln

auf den Herd setzte, fragte ich, wo für die Frauen der Vorteil liege, wenn man sie nur noch als Inhaberin eines Vermögens begehrt.

Nicht als Inhaberin, sagte Igor und nahm mir die Weinflasche samt dem Korkenzieher aus der Hand. Darf ich? Nicht als Inhaberin, sondern für die Fähigkeit, ein Vermögen zu erwerben, für Intelligenz, Stärke, Durchsetzungskraft; wie die Männer. Warum sollte das den Frauen nicht gefallen? Vor allem, sagte er, sind das absolut altersunabhängige Gründe für eine Zuneigung. Frauen könnten sich wie Männer mit fünfzig oder sechzig Jahren scheiden und von einem jungen braunhäutigen Barbaren auf Händen durch den Rest ihres Lebens tragen lassen.

Ich weiß nicht, ob ich daran Freude hätte, sagte ich.

Daß Sie geliebt werden, weil und nicht obwohl Sie nicht mehr jung sind, daß die Falten in Ihrem Gesicht Ihre Attraktivität erhöhen, weil der Betrachter dahinter das vermutet, was er von Ihnen haben will, das würde Sie nicht erfreuen? Aber gut, selbst wenn die Frauen darauf bestehen, gleichaltrige und gleichberechtigte Männer zu lieben, werden ihnen die Barbaren eine Hilfe sein, weil die einheimischen Männer sich fragen werden, warum diese vitalen Einwanderer vor allem die Frauen begehren, an denen ihre eigene Phantasie sich kaum noch entzündet. Stellen Sie sich vor, überall lungern diese liebesbereiten Männer herum und warten nur darauf, daß eine Ärztin, Geschäftsfrau oder Lehrerin ihren lieblosen Mann satt hat. Eine Revolution in der Geschlechterbeziehung wird das, glauben Sie mir.

Wenn ich mir die Vorhut Ihrer Barbaren ansehe, glaube ich eher, daß die einzige Gnade, die Frauen zu erwarten haben, der Schleier sein wird, unter dem sie ihre Altersgebrechen verstecken dürfen, sagte ich, rührte in der Grützwurst und sah zu, wie Igor sich bedenkenlos Wein nachschenkte, als müßte er nicht noch hundert Kilometer über die ramponierte Autobahn fahren, und fragte mich, warum mich der Gedanke, er könnte in meinem Haus übernachten wollen, so beunruhigte. Hundert oder mehr Menschen hatten schon in unserem Haus genächtigt, bekannte und halbfremde, es war nichts dabei, einen Gast, auch einen Mann, in dieser abgelegenen Gegend über Nacht zu beherbergen; es wäre nichts dabei, wenn es mich nicht so beunruhigte.

Wovon wollen Sie mich eigentlich überzeugen? fragte ich.

Von nichts. Ich will niemals jemanden überzeugen. Ich habe Ihnen nur etwas sagen wollen. Er hob sein Glas, musterte mich mit diesem Blick, den ich abwechselnd als unverschämt, neugierig oder fürsorglich empfand, und sagte: Auf Ihr Wohl, Johanna.

Von der Grützwurst aß er viel. Entweder war er sehr hungrig, oder sie schmeckte ihm wirklich. Allerdings erbat er sich nach dem Essen einen Wodka. Kaffee wollte er nicht. Ich erwartete, daß er seinen Aufbruch ankündigte. Ob ich noch etwas für ihn tun könne, fragte ich.

Sie wollen mich loswerden, sagte Igor.

Ich sagte, daß ich mich nur um seine sichere Heimfahrt sorgte, seine Gesellschaft mir aber wider Erwarten sehr angenehm sei.

Igor stand auf, griff ohne zu fragen, nach einer Weinflasche in der Ecke neben dem Küchenschrank und behauptete, darauf müßten wir unbedingt noch einmal anstoßen. Ich verstand, daß er bleiben wollte, sagte: Sie sollten nicht mehr trinken, wenn Sie fahren wollen, worauf er nicht antwortete, sondern sich ganz auf das Öffnen der Flasche konzentrierte.

Entschuldigen Sie, haben Sie etwas gesagt? fragte er.

Ist schon gut, sagte ich.

Wir setzten uns wieder in die Sessel, ich legte Musik auf, ich glaube, es war Satie. Draußen lärmte ein Wind, der den Wolken kaum Zeit zum Regnen ließ; nur hin und wieder schlugen ein paar schwere Tropfen gegen die Scheiben. Ich wußte nicht, warum ich Igor erzählte, wie Friedel Wolgast in bräutlichem Stolz ihren Hund durch das Dorf geführt hat. Die Geschichte endete unglücklich, sagte ich, der Hund ist tot.

Sie haben eine Vorliebe für unglückliche Geschichten, sagte Igor.

Es kommt darauf an, ob ich das Ende oder den Anfang einer Geschichte erzähle, sagte ich. Sie fangen fast alle als Glücksgeschichten an und enden früher oder später als Unglücksgeschichten. Man muß nur lange genug zusehen.

Igor sagte, man müsse vor allem im eigenen Leben dafür sorgen, daß es zu jeder Zeit genügend Anfänge gibt, glückliche Anfänge. Er zum Beispiel eröffne gerade eine Galerie in Moskau und versuche außerdem, die Dämonen aus Natalja Timofejewnas Wohnzimmer zu vertreiben, weil er mit ihrem Geld die Stiftung gründen wolle. Er sei gewissermaßen ein Anfangsfetischist, sagte Igor, manche Dinge tue er überhaupt nur um der Anfänge willen. Er ziehe gerne um, weil die ersten Wochen in einer neuen Wohnung für ihn einen geheimnisvollen Zauber hätten. Lieber noch wechsele er sogar die Städte. Eine neue Stadt ist ein neues Leben, sagte Igor, an keiner Ecke lauert eine Erinnerung, in keinem Haus wohnt eine alte Liebe, in keine Straße hat man je einen Fuß gesetzt, niemand, der behaupten kann, er hätte dich schon als Kind gekannt. Es ist ein bißchen, als spielte man in einem Film, dessen Geschichte man aber nicht kennt. Ich bin natürlich der Held, allein und heroisch. Wahrscheinlich sind das die Rudimente meiner Kinderphantasien. Wir sind alle paar Jahre umgezogen, zuletzt nach Deutschland, wo ich nicht einmal die Sprache konnte.

So ähnlich geht es mir hier, sagte ich. Einmal habe ich mich mit einem Nachbarn über eine Wahl oder ein neues Gesetz oder etwas ähnliches unterhalten. Später wollte ich mich erinnern, mit wem ich dieses Gespräch geführt hatte, und während ich meine eigenen Sätze rekonstruierte, dachte ich, es muß ein Ausländer gewesen sein, weil ich selbst wie in einer fremden Sprache gesprochen hatte.

Igor lief zwischen dem Fenster und der Tür zur Küche auf und ab, blieb hinter mir stehen und fragte, ob er das Fenster öffnen dürfe. Ich glaubte zu spüren, wie seine Stimme die Luft in meinem Nacken bewegte. Die Nacht war schwarz, der Mond unsichtbar, und die Straßenlaternen für unseren Ort waren dem Gewerbegebiet an der Chaussee geopfert worden, wo nun fünfzig Peitschenlaternen sinnlos herumstanden. Von der nahen Autobahn hörte man lange das an- und wieder abschwellende Dröhnen eines schweren Lastwagens. Der Wind hatte nachgelassen, es regnete auch nicht mehr.

Wollen Sie noch fahren, fragte ich.

Nein, sagte Igor.

Ich bezog das Bett im Gästezimmer. Igor stand im Türrahmen und sah mir dabei zu. Ich weiß nicht, ob er lächelte, nachträglich kam es mir so vor. Ich brachte ihm ein Handtuch und Achims Bademantel. Als ich das Zimmer verließ, blieb er im Türrahmen stehen, so daß ich ihn im Vorbeigehen mit meiner Brust streifte. Ich fragte, ob ich ihn wecken sollte. Wie Sie wollen, sagte er, stand immer noch im Türrahmen, sah mir nach, wie ich hastig die Treppe zu unserem Schlafzimmer hinaufstieg und ihm von oben ›Gute Nacht‹ zurief.

Erst als ich die Tür hinter mir geschlossen hatte, atmete ich wieder aus, jedenfalls kam es mir so vor, als hätte ich, seit ich Igors Bett bezog, nicht mehr geatmet. Ich setzte mich auf das Bett, fand mich unsagbar blöd, lachte auch; ich hätte gern mit Elli gesprochen, aber das Telefon stand unten. Erst jetzt fiel mir auf, daß Igors Bemerkung ›wie Sie wollen‹ unverschämt war, anzüglich und unverschämt. Ich soll ihn wecken, wann ich will, hieß das. Dazu der Blick, mit dem er mich bis an die Schlafzimmertür verfolgt hat. Er mußte bemerkt haben, daß ich vor ihm geflohen war. Vielleicht hat er mit Karoline gewettet, dachte ich, warum sonst wollte er unbedingt hierbleiben und stellte sich so in den Türrahmen und ließ die Luft in meinem Nacken vibrieren. Und ich benahm mich, als hätte ich nie einen anderen Mann gekannt als Achim; ungeübt wie Friedel Wolgast mit ihrem Hund an der roten Leine. Auch Irene fiel mir ein. Ich hörte, wie Igor aus dem Bad kam und die Tür des Gästezimmers hinter sich schloß. Ich ging zu Bett, setzte die Brille auf, nahm mein Buch in die Hand, die Memoiren der Gräfin Lichtenau, schlug es auf der ersten Seite auf, weil ich wußte, daß ich sowieso ohne Verstand lesen würde:

Meine Geduld ist erschöpft; ich kann nicht länger schweigen. Hart war mein Schicksal, das mich einst, ohne mein Zutun, auf einen Platz stellte, um das mich Tausende unverdient beneideten – und mich dann, nachdem es mich durch die feineren Reize des Lebens verwöhnt, plötzlich von der Höhe des Hofes in die Tiefe einer dreijährigen Gefangenschaft hinabstürzte. Ich ertrug dieses Schicksal; was erträgt der Mensch nicht! Auch wandte es mir nachher wieder sein holderes Antlitz zu; ich erhielt meine Freiheit und trat jetzt in den Stand der holden Mittelmäßigkeit. Alle die süßen und herben Erinnerungen der vorigen Zeiten verloschen allmählich, und mein Herz fing an, sich völlig zu beruhigen. Ohne alle weitere Zelebrität, ohne allen Einfluß als den in meinem eigenen Hause, hätte ich nun von Schriftstellern, die mich einst so wütend anfielen, verschont werden und von ihnen ebenso ungepriesen wie ungelästert bleiben sollen … Sie, die zu günstigeren Zeiten um meinen eingebildeten Einfluß buhlten; die damals mit ebensoviel Unrecht mich zu loben, als im Unglück zu lästern bereit waren: diese Schriftsteller ergreifen seit einiger Zeit abermals ihre in Galle getauchte Feder und wetteifern miteinander um die Meisterschaft im Beschimpfen eines – Weibes, dessen natürliche Beschützer sie sein sollten.

Nur weil ich die Aufzeichnungen der Lichtenau inzwischen fast auswendig kannte, wußte ich, was ich las. Im Haus die gewohnten Geräusche, das Knacken der Dielen, das sphärische Rauschen der Heizung, in dem ich manchmal entfernt die Sirene eines Unfallwagens oder eine fremdartige Musik zu erkennen glaubte; aber unter dem Dach tobten lautlos Scharen unbekannter Geister und versetzten Böden und Wände in Schwingungen. Ich stand leise auf, durch die Tür des Gästezimmers schien kein Licht. Barfuß und dicht am Geländer, wo die Stufen am wenigsten knarrten, stieg ich über die Treppe, blieb einen Augenblick vor dem Gästezimmer stehen, hörte aber nichts. Ich mischte in einem Wasserglas zwei Drittel Faßbrause mit einem Drittel Wodka, setzte mich in den Sessel am Fenster, auf dem Igor am Abend gesessen hatte, und suchte, nachdem meine Augen sich an die Dunkelheit gewöhnt hatten, am Himmel nach dem Morgenstern. Ich hörte ihn nicht kommen. Plötzlich stand er in der Tür, wie vorhin, während ich sein Bett bezog. Sein Gesicht konnte ich nicht erkennen, nur die Konturen des breiten Schädels zeichneten sich im Dunkel ab. Majakowski in Achims Bademantel.

Wollen Sie mit mir schlafen? fragte er.

Ja, sagte ich.

Igor stand in der Tür, ich saß im Sessel. Ich wußte nicht, wie wir ohne Peinlichkeit in ein Bett finden sollten; daran hatte sich also in zwanzig Jahren nichts geändert. Ich saß im Sessel und konnte einfach nicht aufstehen. Die Zielstrebigkeit derartiger Ortswechsel hatte ich früher schon als abschreckendes Hindernis empfunden. Igors Schattengestalt löste sich vom Türpfosten und bewegte sich mit ausgestrecktem Arm auf mich zu. Kommen Sie doch, sagte er.

Den Rausch der Fremdheit erkannte ich als erstes wieder, die abenteuerliche Nähe fremder Haut, die erschreckende Nacktheit; die rasende Verständigung der Zellen, Synapsen und Neurotransmitter, bis Hirn und Sinne das Objekt identifiziert hatten. Ein Mann und eine Frau, sonst nichts, die ewige, unbegreifliche Bestimmung und nur noch die verzweifelte Lust, die eigene Haut zu sprengen. Alles erkannte ich wieder, den herben Geruch, die Hitze, das Fordern und Drängen; ich kannte Igor, seit ich den ersten Mann umarmt hatte, und ich war dieselbe wie damals.

Als Igor schlief, stand ich auf und zog mich zurück auf mein Schiff in der oberen Etage. Ich legte John Dowland auf und schrieb einen kurzen Brief an Christian P.

Lieber Christian,

Du hast recht, ich fahre morgen nach Hause. Die Biografie über die Enke werde ich auch dort zu Ende bringen. Daß Du Dich nicht gemeldet hast, als Du in Berlin warst, verwundert mich trotz Deiner guten Gründe. Beim nächsten Mal mußt Du uns unbedingt besuchen. Ich würde Dich gern wiedersehen, Achim ganz gewiß auch.

Ich bin schon beim Packen und ein bißchen in Eile, darum nur ein kurzer letzter Gruß aus Basekow. Deine Johanna

P.S. Vielleicht bin ich wirklich in jedem Brief fünf Jahre älter geworden. Ich weiß nicht genau, wie viele Brief ich Dir geschrieben habe und wie alt ich nun bin. Manchmal wird man aber plötzlich wieder jünger, das kommt vor, meistens ganz unerwartet.

Als ich in die Küche kam, saß Igor schon angekleidet am Tisch und las in einer alten Zeitung.

Haben Sie gut geschlafen? fragte ich.

Für einen Moment zuckte durch Igors Augen ein kleiner Widerstand, dann stand er auf, küßte mir die Hand, und Sie, haben Sie gut geschlafen, fragte er, und ob ich mit ihm vor seiner Abreise noch frühstücken wollte.

Er war mit Natalja Timofejewna verabredet und hoffte, sie endlich allein zu treffen. Seit seiner Rückkehr aus Moskau hatte er zweimal mit ihr telefoniert, allerdings jedesmal unter Bewachung des kommunistischen Erbschleicherkollektivs. Bei dem letzten Gespräch war es der Fürstin aber gelungen, unbeobachtet ›Donnerstag vormittag‹ in das Telefon zu flüstern. Also heute. Wenn es wieder nicht klappt, brauche ich Beistand, sagte Igor, bei mir sind die Dämonen inzwischen zu mißtrauisch. Wir brauchten jemanden, den sie noch nicht kennen, auf keinen Fall darf es ein Russe sein. Können Sie uns nicht helfen? Wir könnten sagen, Sie sind eine Nichte, oder besser die Tochter einer verstorbenen Freundin, die wäre nicht erbberechtigt, das ist unverdächtiger. Er meinte es offenbar ernst. Die Fürstin würde sich bestimmt freuen, sagte er.

Ich versprach, darüber nachzudenken, vor allem, weil ich hoffte, Natalja Timofejewnas Biografie könnte sich für eine größere Publikation eignen.

Wir schwiegen eine Weile, sahen uns hin und wieder an, lächelten, nippten am Kaffee, rauchten. Durch das Küchenfenster fiel seitlich das kalte Morgenlicht und vertiefte die Falten um Augen und Mund in Igors linker Gesichtshälfte; und in meiner rechten, dachte ich. Igor sah auf die Uhr. Grüßen Sie Karoline, sagte ich, und vielen Dank für den Kaviar.

Zum Abschied küßte ich ihn, wie zur Begrüßung, auf beide Wangen. An das Gartentor begleitete ich ihn nicht.

Am Vormittag kaufte ich zwei Säcke Rindenmulch und schüttete sie auf die Blumenbeete. Am Nachmittag putzte ich das Haus, obwohl es bis zum Frühjahr wieder einstauben würde, sicherte die Lebensmittel im Küchenschrank gegen die Mäuse, rief beim Fischer an und bestellte einen Hecht, den ich am nächsten Morgen abholen wollte; Hecht aß Achim am liebsten. Ich zog das Bett im Gästezimmer ab, wusch zum letzten Mal die Wäsche, obwohl ich nicht sicher war, daß sie über Nacht trocknen würde, ich packte Bücher, Papiere, Kleidung und trug alles, was ich nicht für den nächsten Tag brauchte, in das Auto. Ich dachte daran, Elli anzurufen, ließ es aber, weil ich nicht wußte, was ich ihr eigentlich sagen wollte; nichts über Igor, aber was sonst? In der Dämmerung ging ich noch einmal an den See, der Haubentaucher hatte sich schon ins

Schilf zurückgezogen. Über den Schornsteinen der Häuser, die vom See aus zu sehen waren, wehten gegen den grauen Himmel kaum sichtbare Rauchfahnen.

Eigentlich hätte ich abfahren können.

Am Abend sah ich einen Dokumentarfilm, in dem einem Mann aus Sibirien von einem Bären das halbe Gesicht weggebissen wurde. Später haben ihm Chirurgen in der Schweiz einen Teil des Gesichts in mehreren Operationen wiederherstellen können und den Rest durch Prothesen ersetzt, so daß der Mann zwar ein häßlicher, aber wieder unauffälliger und glücklicher Mensch war. Wegen der Behandlung hatten er und seine Frau über ein Jahr in der Schweiz gelebt. Als sie in ihr sibirisches Dorf zurückkamen, konnten sie den Dreck, den Suff und die Grobheit unter den Menschen nicht mehr ertragen. Sie brachten ihr eigenes Haus und das Grundstück in Ordnung, aber alles um sie herum blieb verwahrlost, und die beiden zogen in die Stadt, eine kleine Stadt in Sibirien, aber der Schweiz ein bißchen ähnlicher als ihr verkommenes Dorf. Der Film dauerte eine Stunde oder länger. Ich trank fast eine Flasche Rotwein und am Ende, als der Mann und seine Frau die Schweiz in Sibirien suchten, mußte ich weinen.

Ab acht könne ich den Fisch holen, hatte die Fischerin gesagt. Auf dem Weg steckte ich den Brief an Christian P. in den Kasten. Der Hecht wog drei Kilo, und ich war froh, daß ich diesmal nicht Zeugin der Schlachtung sein mußte. Schönen Gruß an Ihren Mann, sagte die Fischerin, und wenn Sie Silvester kommen, Sie wissen ja Bescheid, am besten vorher anrufen.

Die Autobahn war fast leer. An den Rändern der Fahrbahn standen, mal links, mal rechts, tiefe Pfützen und auf dem Grund des Urstromtals zehn Kilometer hinter Basekow überschwemmte eine Wasserlache beide Spuren. Der Wind trieb den Regen fast waagerecht an der Frontscheibe vorbei. Ich fuhr langsam, im Radio sprach jemand über Hirnforschung. Ich griff nach irgendeiner Kassette und erwischte Max Bruch, den Schmachtfetzen, wie Achim das Stück nannte. Als ein Drittel der Strecke hinter mir lag, dachte ich, daß die Fahrt nach Berlin eigentlich zu kurz war für meinen Abschied von Basekow, und fuhr noch langsamer; vielleicht hätte ich ihn sonst gar nicht gesehen. An einem Parkplatz tauchte für eine Sekunde etwas Schwarzes, das sich bewegte, in meinem Blickfeld auf. Ich hielt auf der Standspur und lief zurück zu der schmalen

Ausbuchtung, wo er triefendnaß und zitternd vor Kälte stand, mit einem kurzen Strick an den Abfallkübel gebunden. Als er mich sah, wedelte er zaghaft und hoffnungsvoll mit dem Schwanz und versuchte, sich mir zu nähern, erwürgte sich fast dabei, weil der Strick um seinen Hals zu einer Schlinge gebunden war. Er war eine Mischung aus Schnauzer und noch etwas; seine Pfoten waren noch zu groß für den Körper, wahrscheinlich war er sogar ein Riesenschnauzer. Ich ging auf ihn zu, erschrak über sein Ungestüm und entfernte mich wieder, worauf er in einem durchdringenden, verzweifelten Tenor zu bellen begann. Sobald ich einen Schritt auf ihn zumachte, war er still, schwenkte aber umso wilder den Schwanz; wich ich zurück, schrie er los: bleib hier, nimm mich mit, geh nicht weg, halt, Hilfe. Ich war inzwischen so naß wie er, das Wasser lief mir in die Augen und in den Nacken. Ich schob den Strick über den Abfallkübel, das Tier zerrte mich ziellos fort vom Ort seines Elends. Im Kofferraum fand ich eine Decke, kam aber nicht dazu, sie auszubreiten, weil der Hund schon auf dem Polster saß und mich so entschlossen und zugleich angsterfüllt ansah, daß ich gar nicht erst versuchte, ihm den Platz noch einmal streitig zu machen. Mit der Decke trocknete ich erst mir die Haare, rieb dann den Hund ab und fuhr weiter. An der Tankstelle kaufte ich Würstchen, die er eins nach dem anderen verschlang. Als ich kurz danach eine Zigarette rauchte, kotzte er auf den Sitz. Man könnte ihn auch ins Tierheim bringen, dachte ich; oder Laura, sie hatte sich immer einen Hund gewünscht. Aber was sollte sie mit einem Hund, sie hatte ja nicht einmal Zeit für ein Kind. Im Rückspiegel sah ich, wie er sein Erbrochenes wieder fraß.

Am Eingang zu unserer Straße stand Achims Auto. Jedesmal nach einer längeren Reise war ich überrascht, vielleicht auch enttäuscht, wenn alles aussah, wie ich es verlassen hatte. Es kam mir vor, als hätte Achims Auto am Tag meiner Abreise genau auf diesem Platz gestanden. Ich parkte gegenüber unserem Haus, hängte mir die Taschen über die Schultern und zerrte den Hund, der nicht aussteigen wollte, an seinem Strick aus dem Auto.

Ein wunderlicher Anfang, dachte ich.